パティスリー幸福堂書店はじめました
法式甜點幸福堂書店
秦本幸彌——著　連雪雅——譯

MENU

Pâtisserie
Kofukudo

幸福堂書店

Pâtisserie Kofukudo

パティスリー
幸福堂書店
はじめました

第一章　合二為一

「現在馬上離開這裡！」

一名纖弱的女子身體微微發抖，夾在兩名男子之間，其中一位男子體型壯碩不輸摔角選手，身穿米色工作服；另一位身材清瘦，穿著具光澤感像是訂製服的合身西裝，手中好像抓著文件。

「可是……可是……」

身著圍裙的女子眼眶泛淚，拚命想擠出隻字片語。

「沒什麼可是不可是的，我說過很多次了吧？這裡是我們的，妳記得吧？我跟妳說過『要趕快想辦法解決』，結果妳卻欺騙我們，我們已經忍無可忍了。」

「這是我的店！再給我一點時間……只要再一點時間，情況一定會好轉的，所以——」

女子揪住西裝男的手臂哀求，西裝男將她的手當成垃圾般狠狠甩開，揮動著手中的文件。

「妳到底懂不懂抵押權的意思？既然妳還不出錢，這家店就歸我們公司了，所以妳現在的行為可是非法占有。」

即便如此，女子依然不為所動。不，大概是動彈不了了，她咬緊牙看向地板，磨損暗淡的木地板上接連留下數個圓形水漬。

「小姐，我們也有我們的立場，要是今天再不動工，挨罵的可是我欸。妳懂我的心情吧？」

儘管西裝男的語氣比剛剛柔和，卻不難聽出「今天絕不讓步」的語意夾雜其中。

「可是我——」

「我跟妳沒話好說了。快動手！」

說再多也沒用，像是要堵住女子的嘴，西裝男向工作服男下達指令。

「啊～別碰我！」

手臂被抓住的女子奮力抵抗，但兩者的體型根本是天差地遠，她努力掙脫的模樣在旁人看來猶如遭大象戲弄的小白兔。

就在那時，女子的身體撞上架子，商品的盤子掉到地上發出巨響。

「啊，這個臭女人！」

趁著工作服男驚慌之際，女子順利逃進店裡，靜觀一切的西裝男嘆了口氣搖搖頭。

「真是講不聽，我也不想做到這個地步……這可是妳逼我的。」

丟下這句話後，兩個男人掉頭離開。

接著傳出轟隆隆噪音的黃色重型機械不斷逼近，看起來像是挖土機，長長的吊臂前端有巨大的剪子，隨著履帶壓過停車場的柏油路向前進，機械顯得越來越龐大。

履帶頓時停住，黃色吊臂高舉，在陽光下微微發亮的剪子張開，猛力往下揮，準備拆解女子的店——

叮～咚。

耳邊響起通知客人上門卻慢半拍的門鈴聲，將本田安子拉回現實。她把書籤夾進讀到一半的小說後闔上，視線移往店內。

面對眼前的現實，雖然不像剛剛的故事那麼糟，但也是一個「慘」字。黃斑點點的牆壁、發黑的白色地板、為了省錢而調暗的燈光，以及賣不出去成為不良庫存的雜貨小物——有些包裝甚至都褪色了。

擺放主力商品書籍的木製書架也老舊不堪，所幸架上的書都很整潔乾淨。但是，店內一角卻擺著書背泛黃像是二手書店在賣的書。

那裡陳列的都是所謂的文學名著或歷史偉人傳，因為父親交代書店必須傳承文化，於是留下了這些庫存。

遺憾的是，在這種個人經營的小書店，那些書實在很難處理。想必客人也不期待那些書的存在。賣得掉的只有雜誌和漫畫，還有拍成電視劇或電影的小說，所以那些書全成了裝飾品。

也許是店裡散發的氛圍吧，剛剛上門的客人大概覺得買不到想要的東西，什麼都沒買就匆匆離開了。

這樣也好，安子再次回到小說的世界。她正在讀的是為這家不起眼書店帶來不少營業額的新銳作家倉綿比奈的小說。安子已經讀了第三遍，這個系列出了三本，特別是第一本的故事和安子的境遇相似，讓她忍不住一讀再讀。

安子經營的幸福堂書店是所謂的街坊書店，創業至今五十年，是從祖父那代持續經營的老店。據說當初是希望進到書店的人都能變得幸福，因而取了這個店名。

書店的面積約莫五十坪，現今看來規模頗小，不過位在通往車站的商店街內，算是一等一的地點。搭電車前往坐新幹線到東京約兩小時，是人口兩百萬的政令指定都市[1]，只要一站便可抵達，到市中心也只要十幾分鐘的交通便利性，讓此處大樓如雨後春筍般林立，因此書店周邊的人口也大幅增加。

即便如此，書店還是虧損連連。

鄰近書店的車站也有快速列車停靠，店門前也不乏人潮，而且還有承攬當地國中小學的教科書，書店每年定期有固定收入，但儘管如此還是虧損。

原因其實不難想像，除了商品種類少，無論怎麼打掃依然老舊的店面是主因。

可是，想要增加商品種類就得搬家，想要改變髒亂的店面就得整修，這些都需要一筆錢。糟的是，安子沒有那樣的財力。

令她煩惱的是，即使花了錢也不保證書店會轉虧為盈。

現在正值出版業的寒冬期，大家只顧著滑手機，越來越少人閱讀，也沒有閒錢消遣娛樂，粗製濫造的結果導致讀者疏離書本。理由五花八門，但遺憾的是，

1. 日本基於《地方自治法》由行政命令指定的城市自治制度，條件為全市人口超過五十萬，獲指定者能擁有較其他市更多的地方自治權力。

光憑安子一個人的努力並無法改變什麼。

是啊，書賣不好是出版業界的問題，不過，安子絕對不會讓這家店倒閉。

因為她愛書——更重要的是，她熱愛這家店。

「我最討厭書了！」

「妳在說什麼？妳得學會認字才行。以後上小學，要學的國字更多喔。」

「不要不要不要，我不要！」

安子小時候很討厭書，書裡有國字還有數字，對她而言，書本就像逼她念書的惡魔，那是安子對書的最初記憶。

安子的父母共同經營書店，她認為書店占據了父母的大半時間，這也許是她討厭書的理由之一。

如此討厭書的安子，在上小學看得懂有拼音的故事書後，竟出現了轉變。某天偶然見到店內陳列的書，被封面深深吸引，拿起書翻閱，就此改變了她的人生。

令安子著迷不已的是家喻戶曉的童話。溫柔強悍的王子、身穿華服的公主，以及故事背景中的華麗城堡。

依循文字的描述，腦中浮現鮮明的畫面，彷彿聽見書中角色的歡語聲。讀到陰森的老婆婆出現時，不由得心生恐懼；讀到王子擊退壞人的場面，不覺大快人心。她從未想過，書裡竟有如此寬廣的世界。

自那天起，原本討厭書的安子變得愛看書。出乎意料的轉變令父母又驚又喜，他們因此送了許多書給她。

上國中後，安子對書的喜愛益發強烈。她不只愛書中的故事，也鍾情「書」這個「物品」。

封面或書腰等，各異其趣的裝幀。裝幀可說是書的門面，是獨一無二的存在，光是擺著觀賞就覺得舒心。翻開書本，紙張與墨水的氣味撲鼻而來，有不同書系的字型，以及觸感。構成書的所有要素擄獲了安子的心。

她理所當然地想著，等父母退休後，她要以第三代的身分接手這家店。

因此，兩年前的某天，當她聽到父親說「店要收起來」時，簡直難以置信。

「爸，你是認真的嗎？」

「是啊。我和妳媽商量過了，趁還來得及的時候趕緊收手才是最好的結果。」

「怎麼可以這樣……」

此刻安子心中描繪了十年以上的人生畫布，就像被塗上黑色顏料一般徹底毀了。

「這五年來一直在吃老本。」

母親面色凝重地說。的確，安子也不是沒想到這一點。大學畢業後的兩年，她平時在外上班，六、日總會到店裡幫忙，確實感受到店裡生意的變化。

可是，真的有糟到要把店收起來嗎……

過往的美好回憶在安子腦中縈繞，全都是無以取代的珍貴回憶。若說這家店是安子的一切，也並不為過。

我不想失去它。

這家店，說什麼都不能失去。

於是安子向父母表明了心意——

「把店交給我！」

雖是臨時起意的念頭，但她早就打算總有一天要接手這家店，現在只是提早時間罷了。她從小就在店裡幫忙，大概知道書店的經營方式。

然而，父親卻冷冷回道：

「不可以。明知這條路荊棘遍布，我怎麼能讓妳走上這條路。」

「就算是這樣，我還是想接手！」

這條路是否荊棘遍布，全憑自己的心態。

「現在已經是小書店無法存活的時代了，妳知道這十年已經倒了多少家書店嗎？四家就有一家關門喔。這間小店再怎麼掙扎也贏不了大型書店和網路書店。」

車程十幾分鐘的購物中心有大型書店進駐，再近一點的地方也有好幾家連鎖書店。而且只要上網查，即使小眾市場的書也能馬上找到，隔天便可宅配寄達。安子很明白那些都是強敵。

「就算是這樣，我還是想試一試！一定有像我們這樣的小店才做得到的事。」

安子接著向父母說明這家店對自己有多麼重要，並且告訴他們，接手這家店是她一直以來的心願。

「安子……既然妳已經想了這麼久……」

父親終於點頭答應。

最後，安子和父母講好，如果三年內無法轉虧為盈就按照原訂計畫歇業，最後安子如願接手了書店。

父母完全不過問經營，因此從經費的籌措到訂貨全由安子負責。假如過了三年仍然未見起色，書店就得結束營業。

「書店就交給妳了，別太逞強喔。」

完成業務的交接後，父母提早展開養老生活，移居到母親的家鄉長野。

接手書店的安子為了改善生意卯足全力，每月兩次規劃主題設置專區，製作介紹書籍優點的ＰＯＰ廣告；週六還邀集附近的小朋友，舉辦說故事活動。

不過，這些都無法解決根本的問題，反倒因為活動經費讓手邊的錢一點一滴流失。

既然如此，乾脆什麼都別做吧。減少不必要的支出，就能撐得過三年。持續的失敗使安子陷入消極的想法。

但，什麼都不做，客人只會逐漸遠離。沒有客人上門，就會更加提不起勁。店裡籠罩著低迷的氣氛。曾經充滿活力的店，沒多久又變回死氣沉沉。

轉眼間過了兩年，安子早已打消改善生意的念頭。以前工作存下的積蓄不斷減少，省錢生活也面臨極限。

今天是兩週年紀念日。

——安子只剩下一年了。

「欸，今天的營業額也不到一萬啊，比兩年前還差……」

安子望向店外，路過行人拖著長長的身影。對書店來說，下班返家的人通常會在這個時段上門，應該會很忙碌。但那種情況不太可能出現在安子的店裡，畢竟她沒有用心回應客人的期待。

到了六月，溫度一天天悶濕炎熱起來，店內的冷氣卻還沒啟動。安子邊用扇子搧風邊放空。

「對了……」

老早看完小說的安子走出櫃檯，從架上拿起一本雜誌，封面上印著一行醒目的文字：「書店裡開咖啡廳！這是怎樣的經營戰略？」上架時沒怎麼留意，但忽然想起兩年前的事，安子心想也許這本雜誌會帶給她靈感，於是取來翻閱看看。就像站著白看書的客人那樣翻閱雜誌，讀著讀著安子的臉色變得很僵。

「因為是大型書店，所以能夠招攬大型的連鎖咖啡廳嘛。」

強者愈強、弱者愈弱，大自然的法則無法違抗。

不一會兒，安子便將雜誌放回架上。

之後，直到傍晚始終沒有客人上門。當時間來到接近關店的晚上七點時，安子急忙準備關店，但此時卻有通知客人上門的門鈴聲響起。

「真難得這時間會有人來……」

一位身材高瘦的短髮男進到店裡，從側臉可見直挺的鼻梁和細長的雙眼。安子從未見過這張臉。

不過，如此帥氣的人到這麼破舊的書店是要買什麼呢？現在已經是關店時間，如果他要待很久可就麻煩了。安子的肚子餓得咕嚕咕嚕叫。

像是聽見安子的心聲似的，短髮男快速巡視店內一圈後，來到櫃檯。

安子抬頭正視男子的臉，不知道是不是沒找到他想要的書，那端正的臉龐透著不悅，又有股藏不住的迷人氣息。除了電視或網路，安子還是初次見到這般不像日本人的長相。他是外國人嗎？還是混血兒？她自顧自地猜想。

「沒有《甜食歷史大全歐洲篇》這本書嗎？」

「呃……你是說，《甜食歷史大全》嗎？」

不禁看到入迷的安子，慌張地回過神這麼回道。

「對，我記得出版社是四葉社。」

安子心想，聽這個書名應該是專門書籍吧。沒錯，那是我店裡沒有的類型。

「本店沒有這本書。」

她不假思索地說。店內庫存的書八成是雜誌、文庫和漫畫，那種不知何時會賣掉的小眾專門書，書店根本不會進。

「那我可以訂嗎？」

「應該可以……我查一下喔。」

她在電腦裡輸入書名後，出現了三本書，價格皆為三千圓。不過出版年份已經超過十三年，經銷商那邊想必也沒有庫存了，絕版的可能性很高，說不定會等了好幾天卻沒貨，這真是棘手的情況。

「啊～這本書很舊了，可能不好訂喔。」

安子邊看著電腦螢幕邊這麼說，「唉」的嘆氣聲隨即傳入耳中。她抬起頭，只見男子一臉不悅，剛才的迷人氣息全然消失。

「這裡是書店卻沒辦法訂書嗎？」

留下這句話後，男子轉身背對安子大步向前走，和身高等比例的長腿一下子就走到自動門前。安子不發一語目送那修長的背影離開。

男子走出店外，自動門關起後——

「什麼嘛，態度有夠差。就說是很舊的書不好訂了，虧他長得那麼帥！」

安子輕聲說出內心的氣憤。

關店後，安子吃完晚餐從冰箱拿出甜點。今天是接手書店的兩週年紀念日，所以她稍微奢侈一下，買了超商甜點慶祝。不過，本來就愛吃甜點的安子，總會想些理由享用甜點。即使努力削減經費，甜點和書是無法退讓的領域。

今天的甜點是新推出的抹茶聖代。挖起一匙送進嘴裡，抹茶的風味與紅豆的香甜在口中擴散。最近的超商甜點頗具水準，安子的手完全停不下來，一口接一口，甜蜜的幸福時光很快就結束了。

她接著喝了口茶，頓時被拉回現實生活中。

「唉，只剩一年了……」

當初和父母約定要在三年內讓書店轉虧為盈，卻只剩下一年的時間。現在非但沒賺，反而虧更多。

「當時我是那麼充滿幹勁的說。」

接手書店後舉辦的活動，時間很短卻花了不少錢，而且沒有獲利。不過，那也算是一種前期投資。假如有持續進行，也許已經培養出固定客群，生意好轉了，只怪自己半途而廢。

「今天還發生那樣的事……」

安子想起關店前出現的那位男客人。其實他要的書未必訂不到，卻因為自己嫌麻煩就丟了一筆生意。

區區三千圓。如果是文庫本等於要賣六本，這對現在的安子來說是迫切需要的收入。要是好好回應對方，說不定會變成常客。剛才的應對就像在說「這家小店幫不上忙，請另尋他處」，眼睜睜把客人送給大型書店或網路書店。「這裡是書店卻沒辦法訂書嗎？」男客人的這句話，至今仍深深刺痛安子的心。當時他臉上全是失望之色。

「也許我一直都是這樣，所以書店的生意才好不起來……」

現在反省也為時已晚，那位客人應該不會再來了吧。

「我得重新振作才行……」

明明店名是幸福堂書店，倘若繼續這樣下去，總覺得上門的客人會變得不幸。

不過……說要重新振作，到底該怎麼做才好呢？

安子心煩意亂地度過了紀念日的夜晚。

隔天，過了開店時間的十點左右，安子對著電話那頭低下頭。

「拜託您幫幫忙！客人說無論如何都想買到。」

「雖然您這麼說，我們這邊真的沒有庫存了……」

電話那頭是出版《甜食歷史大全歐洲篇》的四葉社。

結果，昨晚直到深夜，安子都在思考關於店的事。我要繼續什麼都不做度過最後剩下的一年嗎？這家店對我來說是那麼重要，既然如此卻什麼都不做，將來不會後悔嗎……

答案已經很明顯。

雖然只剩一年的時間，換個角度想，我還有一年啊。安子下定決心，要把握時間嘗試目前做得到的事。幸福堂書店是書店，書店沒有買不到的書。力圖重新振作的安子，首先著手進行的事，就是想辦法訂到昨天那本書。

「拜託您了！我真的很需要這本書！」

停頓片刻，對方終於讓步了。

「……好吧，我再查查看，之後再回電給您。」

對方不知是被安子的熱忱說服，或是被她的氣勢打動。無論如何，總算向前跨出一步了。

「那就麻煩您了！」

安子再次對著電話那頭低下頭，掛斷電話。

傍晚時分，她接到了四葉社的回電。

子做到了這個地步。

「市場庫存還調得到貨喔！」

「咦，真的嗎?!讓您那麼費心，真的非常感謝！」

市場庫存是指書店的庫存，雖然不知道要從哪家店調貨，但四葉社特地為安子做到了這個地步。

約莫過了一星期，那位男客人想要的書寄到店裡了。若要說安子做了什麼，也不過是打了一通電話罷了。

「這麼簡單就訂到書的話，那時候應該積極一點的。」

安子不知如何聯絡那位男客人，況且彼此還是第一次見面。受到那樣的對待，他應該不會再來了吧，他一定去別家書店訂書了。

即便如此，這次的經驗證明只要稍加努力，就能盡到書店的責任。安子心中暗自決定，如果下次又遇到類似的情況，一定要賭上書店店員的自尊，認真回應客人的需求。

「不過，這下該怎麼辦才好，這些書……」

安子對著眼前厚厚的書這麼說。由於書名加註了「歐洲篇」，想當然這是一整套的書，所以她全都訂了。

三本一套的專門書籍，合計售價九千圓，還要加消費稅。既然沒人買，只好上架。可是，這麼專業的書放在這家店也賣不出去吧。然而再三拜託出版社才訂到的書，實在不想退回去。

「算了，反正看起來挺有趣的，我就留著自己看吧。」

安子很快就看開了。其實不該這麼做的，但在個人經營的書店，庫存書與自己留存的書總是容易混淆。

安子隨即翻開書。

書中詳細記載古羅馬時代至現代的甜點歷史和食譜作法等。與其說是辭典，比較像是穿插時代背景的讀物。沒想到甜點的世界那麼有趣，安子暫時沉浸在那個世界裡。

◇

「接到大訂單，真～開～心～」

幾天後的某日，安子推著擺上紙箱的推車，邊走邊哼歌，腳步相當輕快。

因為當地的某家企業訂了二十幾本專門書籍，金額是八萬多，相當於一星期的營業額。

當然，那些書並非是店裡本來就有的，但記取先前的反省，加上企業負責人也能體諒，願意等候訂貨。不過，有兩本書還得再花一些時間，於是她將已備妥的書先出貨。

今天是送貨日。儘管同為車站周邊的區域，卻是安子平時不會去的方向。

「多謝惠顧！」

順利完成交貨後，安子小心翼翼護著裝了書款的包包走在渠道旁。這條路與來時路一樣沒什麼人通行，要是遇上搶劫，那就真的欲哭無淚了，她不禁加快腳步。

就在此時。

「咦？」

突然間，一名身穿白色廚師服，現身此處感覺很突兀的男人出現在眼前，只見那男人毫不猶豫地走進建築物的一樓。

居然有店開在這種沒什麼人的地方啊。感到好奇的安子走到店家門前，看著眼前這棟三層樓的老舊建築物。

看起來的確是店家沒錯。磚瓦堆砌而成的拱形圍住一扇看似厚重的門，這樣的格局像是市郊擺放霓虹燈招牌的小酒吧。

仔細瞧瞧店名的牌子，寫著法式甜點。甜點店開在這種地方？好在意，真的超在意。好想馬上進去一探究竟，可是……實在沒勇氣走進去。

安子對甜點店的印象是，隔著玻璃門可以看到整潔明亮的店內環境。就算不是那樣，店外也會放菜單之類的東西讓客人知道這裡有賣甜點，然而這家店完全沒有那樣的陳設。

太奇怪了，可是我好在意……

「女人要有膽量……進去吧！」

好奇心戰勝了恐懼，安子一鼓作氣拉開門。

「歡迎光臨！」

進到店內竟聽到男性爽朗的招呼聲。安子順著聲音的源頭看去，心臟撲通跳。

他是工讀生吧。雙眼炯炯有神，暗褐色的頭髮，以男性來說長度略長，笑容好似向日葵般燦爛。如此少見的爽朗男就近在眼前，安子盯著男子看了好一會兒。

「您是第一次來……對吧？」

「啊，是的！」

安子連忙將視線從店員身上轉移至蛋糕櫃。小小的蛋糕櫃裡零星擺著蛋糕，數一數共有六種，每種約二～五個。雖然品項不多，但確實是甜點店沒錯。

「沒想到這種地方會有蛋糕店，我今天才知道。」

「啊哈哈，大家都這麼說。」

「我想想，這店已經開了一年……了吧？」

店員有些不確定地歪著頭這麼說。可惡，那動作真是迷死人，安子又忍不住盯著那張臉看。

「……？」

對方似乎察覺到她熱切的目光，覺得臉頰發燙的安子急忙將視線移回蛋糕櫃。

「看起來好好吃……」

櫃子裡的每個蛋糕都洋溢著鮮明的高級感，這般水準若說是飯店的蛋糕，百分之百會相信。

價位落在五百圓至八百圓。平常看到這樣的金額，安子總會猶豫，但剛剛才拿到一筆錢，手頭算是寬裕。像今天這種日子，奢侈一下也沒關係啦。安子考慮許久後，選購了兩個蛋糕。

「謝謝您的惠顧！」

從笑容滿面的店員手中接過裝著蛋糕的紙盒時，店內走出另一位身材高眺的男子。他手中的托盤擺著剛完成的蛋糕，那是安子喜歡的水果塔，紅、橙、黃、綠各色水果被塗上透明的果膠裝飾，在燈光的照射下宛如寶石散發耀眼的光芒。

哎呀！要是多等一下就能買那個了。現在也不好意思說要換，下次再來買吧。

安子暗暗自我安慰，依依不捨地將視線從水果塔移開，接著她整個人呆住了，因為她見過那個端著蛋糕的男子。

「……啊，妳不是那家快倒的書店的工讀生嗎？」

男子搶先一步開口。

「敝店生意不好真是抱歉。不過，我才不是工讀生，我是老闆，老闆！」

遭受突如其來的冷箭，安子也反射性地回擊。

「是喔。原來妳是老闆，難怪那家店那麼寒酸。」

「你的店好像也好不到哪裡去吧。」

安子看了看散發小酒吧氣息的包廂座位，再看回男子。這家店的格局顯然就不是生意興隆的店。

男子一聽，眉頭緊皺。

「妳只賣現成的東西，別和我的店相提並論。」

安子隨即擺出臭臉。的確，店裡賣的書並非她的創作，但她身為書店店員，每天要從大量出版的新書中，或是已經出版卻被忽略的書中了解書的內容，調整陳列店內的書，做這些事的辛苦不亞於創作。

「好了好了，既然你們認識，彼此的口氣都別那麼衝了。」

聽到褐髮男那麼說，安子只好吞下就要說出口的話，但她心裡還是很不爽。我幹嘛買這傢伙做的蛋糕，這家店，我不會再來了！

「你們發生過什麼事嗎？」

被褐髮男一問，安子想起了那本書——《甜食歷史大全歐洲篇》。那男人在甜點店工作，想必是工作上有需要才想買那本書。

他到我店裡找那本書，當時我卻沒好好處理。現在他這樣對我，說到底也是我自己造成的。想著想著，安子的心逐漸冷靜下來。

身為書店店員，假如他還沒買到那本書，我應該告訴他。於是安子主動開口：

「是說，《甜食歷史大全》很有趣。」

那一瞬間，男子的表情轉為驚訝。

「妳怎麼會知道內容？」

「你在找的那本書，我後來進貨了。不過，那時候沒留你的聯絡方式，也賣不出去，我只好自己拿來看了。」

「那本書還在妳店裡嗎？」

「是啊……不過，已經被我看過了……」

「那也沒關係，我現在就去買！」

「蛤?!喔，好！」

「路上小心。」在褐髮男揮手目送下，兩人快速衝出店外。

安子手中拿著買來的蛋糕和裝了書款的包包。按捺不住心急的男子單手抱住安子的推車，走在她前面。個子高的他步伐很大，馬上就和安子拉出距離。快了三步之差的男子停下腳步，等安子跟上。這樣的情況一再重複。

「妳為什麼要訂那麼麻煩又不知道賣不賣得掉的書？」

自稱洋野創的男子向安子提出疑問。

「因為看起來很有趣，而且……」

「而且？」

「……我是開書店的人，在書的方面卻沒有幫上忙，讓我感到很懊惱。」

嚴格說來只是失職。不過，安子很懊惱自己變成那樣。

「這樣啊……」

阿創輕聲低喃。之後，兩人在抵達書店前沒再說過半句話。

進到店裡，安子將買來的蛋糕放在一旁，趕緊從櫃檯取出那本書。

「你請看。」

「喔……」

阿創接過書，露出感動莫名的表情。只見他眼角下垂，彷彿想和書來個臉貼臉，那神情就像再次見到分離許久的戀人。安子接著把還沒看的另外兩本書擺到櫃檯上。

「這些是?!」

阿創瞪大了雙眼。

「因為這是套書，所以另外兩本我也進了。你要一起帶走嗎？」

「真假……」

阿創看了看錢包，深深地嘆了口氣。

「我先買一本就好。」

看樣子他錢帶得不夠。

「剩下的兩本要幫你保留嗎？」

「當然！」

「好的。感謝您的惠顧！」

收下書款後，安子把裝進紙袋的書交到阿創手中。

「絕對不能賣給別人喔！」

阿創留下這句話後，走出店外。確定他已經離開後，安子在她的老位子坐了下來。

「呼～我有點累了……」

送完二十幾本書，發現了甜點店，再次見到阿創，差點吵起來。短短半天的時間感覺像是經歷了一個月的事。

儘管如此，那本書總算順利送到需要它的阿創身邊。剩下的兩本書應該也沒問題吧。

雖然看不慣阿創粗魯的態度，想想說不定還得感謝他。那天他來店裡找書，讓安子想起早已遺忘的初衷，也因此接到今天這筆二十幾本書的訂單。

「好，讓我嚐嚐你做的蛋糕是什麼味道吧。」

安子往店裡走去，準備享用蛋糕。

「我要開動了。」

在以金箔點綴、帶有光澤感的黑色蛋糕上，切下一小口放入嘴裡。先是感受到巧克力的甜，緊接著堅果與奶油交織而成的濃郁香氣在口中擴散。此外，似乎有一股淡淡的咖啡香。這些味道並非瞬間消失，而是各自留下餘韻後漸漸消失。真好吃，太好吃了。煩躁的心情和疲勞頓時消散，安子不由自主地扭動身體。

「沒想到那男人會做出這麼細膩的味道……」

此時安子想起了阿創。整齊俐落的黑色短髮，細長的雙眼。今天也和第一次見面那天一樣臭著一張臉，即便如此依然不減帥氣。櫃檯的褐髮男也是。就算有女客人是為了他們去甜點店，那也不足為奇。

話說回來，既然是味道這麼棒的店，搞不好是一家自己不知道的名店。可是，安子用發票上的店名「Chez Hirono」上網搜索卻沒有任何資訊。

「算了，反正很好吃，那點小事就別在意了。」

安子買了兩個蛋糕，當然兩個都是買給自己的，她享用著蛋糕度過片刻的幸福時光。

◇

「啊，安子，歡迎光臨。」

Chez Hirono 的褐髮店員——和倉日向親切招呼來買蛋糕的安子。那天過後，安子會在書店每週一次公休的週日光顧甜點店。店裡的蛋糕都是日前向安子買書的阿創獨力製作的，其餘工作則全由日向負責。

來過幾次後，安子從日向那邊打聽到不少事。例如，她很好奇的年齡，阿創二十七歲和她同年，日向則小她三歲是二十四歲。日向的年紀比她想像得大一些。

經營狀況如安子所想，雖然有少數的回流客，但因為知道的人實在太少，狀況很糟。她厚著臉皮打聽了營業額，結果令她震驚，就算是生意好的時候，一天頂多兩萬圓。看到蛋糕的品項不多，安子心中已有個底，沒想到實際情況比她的店還慘。

「這樣的營業額夠你們兩個生活嗎？」

日向聽了苦笑著回道：

「沒問題啦，我和阿創一起住，生活還過得去。」

甜點店是一直空著的出租物件，向認識的人以便宜的價錢租下。如外觀所見，原本是小酒吧，擺放酒類的架子、酒紅色椅子的包廂座位等，至今仍保留當時的裝潢。

「阿創今天也埋頭研發新品嗎？」

「是啊，他似乎幹勁十足，這種時候的阿創，任何人都阻止不了。」

「這樣啊，那麼這個就麻煩你了……」

安子將手中的紙袋交給日向，紙袋上印著「幸福堂書店」。

「這是阿創請我保留的書。錢先欠著沒關係，希望對他會有幫助。」

「真的嗎？謝謝妳！他一定會很開心。」

反正遲早要交到阿創手中，早點給他也無妨。或許錢可能收不到，不過要是這些書能夠讓他早日完成新作品也是好事一樁，安子很樂意這麼做。如果他真的付不出錢，就用賣剩的蛋糕抵消吧。

安子今天也買了兩個蛋糕，她向邊說「下次再來喔」邊揮手的日向揮手道別，返回家中。

「這麼好吃的蛋糕怎麼會賣不好呢？」

回到書店二樓的住處後，安子邊吃蛋糕邊思考 Chez Hirono 的事。那家店的生意和我的店一樣慘澹，可是商品本身很棒。假如是在像幸福堂書店這樣的地方賣，應該會受到更多人喜愛。

「啊，對了！」

安子突然大叫一聲，急忙下到一樓的書店，開始搜尋放雜誌的地方。她在找的雜誌被其他雜誌蓋住，只剩下一本。經多次翻閱變得縐巴巴的封面上，一行醒目的文字寫著「書店裡開咖啡廳！這是怎樣的經營戰略？」

「對對，就是這個！」

安子腦中浮現這樣的念頭，如果咖啡廳附設書店是可行的，那麼甜點店附設書店不也行得通。以美味的甜點吸引客人上門，來客數增加，書也能多賣幾本，生意自然好轉。

「這麼做……真的可行嗎？」

老實說，她想以正統的書店一決勝負，可是過去不管怎麼做都行不通。正因為如此，安子在不知不覺間變得消沉。

正面進攻的方式贏不了大型書店，所以必須採取沒人做過，只有小店做得到的方法。遇見阿創和日向也許就是千載難逢的好機會，安子心中的幻想不斷擴大。

「——不過啊……」

此時，另一個冷靜的自己潑了冷水。自顧自地把事情想得很美好，但那只是自己的期望，對方未必會答應。而且靠甜點店攬客未免太依賴別人，目前手頭上也沒有閒錢整修書店。

實現的可能性應該是零吧，安子心中的矛盾糾結最終導出了這個結論。因此她決定把這個想法藏在心底。

◇

「安子，新品完成了，請妳過來試吃喔。」

那天之後過了兩週，她收到日向的訊息。可以試吃阿創的新作品，而且那個新作品還是從安子讓阿創先賒帳的書得到的靈感。興奮不已的她比平時稍早關店，前往 Chez Hirono。

「歡迎光臨。」

今天的日向依然笑容滿面地迎接安子。但他今天不在平常的櫃檯，而是帶安子到小酒吧時期留下的包廂座位。酒紅色的椅子蓬鬆柔軟，坐起來很舒服。阿創也適時端來了蛋糕。

「哇啊，好漂亮！」

安子眼前的蛋糕形似富士山，褐色的表面撒上如白雪般的糖粉，頂端排列著具光澤感的水果。

「我把歐洲主流的烘焙點心咕咕霍夫[2]加上水果裝飾。」

說完後，阿創在安子面前將蛋糕切成小片，黃澄澄的切面也布滿色彩繽紛的果乾。

「看起來好好吃……」

安子忍不住吞了吞口水。

「今天是我們的招待，請妳盡情享用。」

日向端來紅茶和叉子，迫不及待的安子立刻拿起叉子伸向蛋糕。

「我要開動了……」

安子邊切邊注意讓果乾和蛋糕保持均等比例，切下一口送進嘴裡。細細咀嚼，濕潤的蛋糕體帶著淡淡酒香，果乾的濃郁甜味在口中擴散。這和以往吃過的蛋糕截然不同，她覺得好吃到快要升天了。

「嗯，好好吃！阿創，真的超好吃喔!!」

安子用左手捧著臉頰，開心地扭動身體。

「……」

阿創瞥了安子一眼，隨即移開視線。他慢慢去理解安子透過全身表現出來的「好好吃」是什麼感覺。

「哎唷，妳老是這樣。直接說謝謝不就好了？」

聽到安子那麼說，阿創的太陽穴爆出青筋。

「……真是的，根本不必找她來，有哥幫我試吃就可以了。」

這麼說來，平常都是阿創的哥哥在負責試吃。他長怎樣呢……阿創的哥哥一定也很帥。就在安子幻想的同時，阿創像是結束任務似地回到廚房。

「……阿創一直都是這樣嗎？」

「嗯，是啊。雖然他嘴上那麼說，但收到安子送來的書，他非常開心。謝謝

2.Kugelhopf，使用中空螺旋紋的烤模做成的皇冠形蛋糕。

妳喔。其實阿創應該親自向妳道謝，但他就是這種個性……所以我得陪在他身邊才行。」

「你是指？」

日向的語氣彷彿是阿創的監護人。

「阿創話不多對吧，可是他一開口經常句句帶刺，因此容易和客人或員工起衝突。安子第一次來的那天不也和他吵起來了。」

「啊！」

沒錯。面對客人都會表現出那種態度了，讓他待在外場遲早會出事，更別說是朝夕相處的員工。

「我很喜歡阿創做的蛋糕，難得他有這般好手藝，要是無端被埋沒豈不是很可惜。所以，我要代替阿創向大眾傳達這個好味道。」

不過，每天面對那樣的態度，應該會累積不小的壓力吧。

「日向真的無所謂嗎？」

「嗯，我們認識很久了嘛。而且阿創很敬重我。」

「的確，感覺得出來他很尊敬你。」

「對啊，所以我不能不管他。」

「這樣啊。」

這兩人真是互補，安子打從心底這麼想。

◇

天啊，好可疑⋯⋯

某天下午，正在看店的安子突然提高警覺，因為來了一位舉止詭異的客人。體型微胖穿得全身黑的男人，明明沒在找書卻在店裡四處張望。不知道他到底想幹嘛，安子也不敢問他「請問您在找什麼嗎？」

為了以防萬一，安子緊握電話觀察情況。

十多分鐘後，可疑的男人什麼都沒買就離開了。

當天關店時，果然出事了。安子一如往常拉下靠近道路旁的鐵捲門，只留下門口前那片。七點一到，她會拉下最後的鐵捲門並上鎖，結算營業額，完成關店的工作。

關店前五分鐘，為了打發時間，安子開始整理櫃檯內散亂的書。店門前傳來機車的聲音。就在那時，引擎聲停止，一個頭戴安全帽的人進到店裡。以往通知客人上門的門鈴聲沒有響，因為昨天就故障了。雖然那個人的臉被安全帽擋住看不見，但身上穿著和白天那個可疑的男人一樣，體型也相同。好可疑，太可疑了。

男人快步走向安子所在的櫃檯，朝她亮出一把大美工刀。

「錢，把錢交出來！」

安子頓時臉色發白。

這是搶劫！偏偏挑上這麼窮酸的店。這裡根本搶不到什麼東西啊！但，既然遇上了也只能認了。這男人白天到店裡勘察，發現只有一個女人看店，所以覺得很容易下手吧。

安子的父母叮囑過她，遇到這種情況，「保護好自己最重要，乖乖把錢交給對方。」於是安子交出收銀機裡僅有的二十幾張千圓鈔，這已經是全部的錢了。

「不只這些吧。快點、快點！全部交出來！」

「這，這已經是全部了……」

安子的聲音細弱如蚊蚋。

「別想騙我。」

為了證明自己沒說謊，安子用發抖的手取出收銀機的零錢箱擺在櫃檯上，搶匪抓起百圓和五百圓的硬幣往口袋裡塞。

光是這樣他還不滿意，他闖進櫃檯，翻找櫃檯下的架子。可是，沒有的東西就是沒有。找了一會兒後，搶匪再次將刀指向安子。

「後面還是二樓有保險箱吧。帶我去！」

搶匪朝後院的方向揮手，示意安子快點帶他過去；另一手握住刀子不時上下移動，沒有要收起來的打算。這裡哪來的保險箱，根本沒有值錢的東西。要是帶他去，發現沒東西可拿，反而惹怒他該怎麼辦。她的小命恐怕不保了。

安子一步步走出櫃檯，心中暗自祈禱。

快來人！誰來救救我！

雖然不覺得這個無聲的祈禱會被聽見，但她還是拚命地祈禱。

不管是誰都好。

希望有人聽見我的呼救——

就在這時。

「你這傢伙在幹嘛？」

安子耳邊傳來低沉熟悉的嗓音。

——是幻聽嗎？

不，我沒聽錯。聲音來自搶匪的對面，眼角餘光出現一個修長的身影，那個身影朝安子緩緩走來。

「阿、阿創?!啊，這裡很危險。」

——別過來。請你救救我，這句話還哽在嘴裡，阿創已經來到安子身旁。

「你在幹嘛？」

「別，別過來！」

搶匪把刀指向阿創，但他不為所動，迅速抓住搶匪的手腕。

——你這樣很危險！

安子的擔心似乎是多餘的，搶匪整個人動彈不得。他的手腕被晃了好幾下，刀子離手落地，發出哐啷的聲音。

阿創惡狠狠地瞪著搶匪，安子從未見過他這副表情。

或許是明白自己處於劣勢，搶匪「哇啊~！」地大叫一聲，揮舞另一隻手，死命甩開阿創的手，一溜煙地逃出店外。

搶匪消失了。

得救了。

我得救了。

全身無力的安子癱坐在地。

後來，安子去警局做筆錄直到深夜。這段時間阿創一直陪著她。

隔天，書店臨時店休。除了因為幾乎沒睡而疲憊不堪，安子也害怕獨自看店。稍晚吃完早餐後，安子前往阿創的店，要為昨晚的事向他道謝。途中她買了點心禮盒。雖然送點心給經營甜點店的阿創有點奇怪，但這只是聊表心意，安子買了同一條商店街上的「貓屋」的米果組合。

「安子，昨晚妳嚇到了吧？」

日向的表情凝重不同以往，想必是聽阿創說了昨晚發生的事。

「嗯，多虧有阿創幫忙。」

「妳沒事真是太好了。」

日向又恢復往常的笑容。無論任何情況，他的笑容總是有療癒人心的力量，安子如沙漠般乾涸的心瞬間獲得滋潤。

「謝謝你。」

「妳今天來有什麼事嗎？」

「這是要給阿創的謝禮。」

安子拿起剛買的點心禮盒。因為店名是「貓屋」，禮盒的包裝紙是可愛的貓咪圖案。

「妳等一下喔，我去叫阿創來。」

日向進了廚房好一會兒都沒出來，只剩自己一個人的安子感到不安。不過，這裡還有兩個人沒什麼好怕的，她這樣安撫自己繼續等待。

約莫過了五分鐘，阿創和日向一起走出來。阿創用手巾擦拭著雙手，他好像正在做東西。

「妳怎麼會來？」

阿創說得彷彿昨晚什麼事都沒發生過。

「啊，昨、昨晚很謝謝你，這是我的一點心意。」

說完後，安子遞出點心禮盒，阿創收下了禮盒。他看了看包裝紙，說「妳的品味不錯嘛」。那一瞬間，安子看見阿創的嘴角微微上揚。

「太好了，我本來還在想送點心給甜點店會不會很失禮……」

安子總算鬆了口氣。

「是說，妳的店還會開嗎？」

「我當然想……只不過？」

昨晚搶匪逃走後，安子哭著說「我已經受夠這家店了」，所以阿創才會那麼問。

「我還有書要託妳幫忙找喔。」

說完後，阿創隨即回到廚房。雖然他的態度還是很粗魯，但短短一句話卻漸漸滲透安子的心。

隔天起安子照常開店。今天好像是進入梅雨季，一早就下著綿綿細雨。就算打開鐵捲門，店內還是顯得陰暗。

原以為日本很和平，自己不會遇到搶匪，但現實生活中，前晚我就遇到了。就算犯人已經被逮捕，也不保證不會再有其他搶匪來。

阿創那晚來店裡是為了付清積欠的書款，能夠獲救真的只是僥倖。要是阿創沒來，我會變得怎樣？光想就覺得不寒而慄。

所以我不敢開店。

可是，又不能不開。生意本來就不好，怎麼能不開。

喀噠喀噠喀噠喀噠……

動作遲緩的自動門打開的聲音讓安子嚇了一跳。

「什麼嘛，是宅配啊……」

上門的是平時送貨的宅配員。雖然搶匪可能也會假裝成宅配員，但這是認識的人。鬆了一口氣後，安子在滴到雨的簽收單上簽名。

後來，只要有客人上門，安子就會心臟狂跳。幹嘛偏偏挑下雨天的時候來，明明平常都沒人。乾脆大家都別來好了，她心中不時浮現這樣的想法。

從沒想過獨自看店會感到如此害怕，假如這種感覺一直持續，說不定關店還比較好。倘若告訴父母自己遇到搶匪，他們一定會說別再開店了。不是半途而廢，而是不得已才關店。

自祖父那代沿用至今的大時鐘發出噠的聲音，時間是上午十一點。總算過了一小時。時間過得好慢，太慢了。安子數次確認時間，短針始終指在相同的位置。望向店外，雨勢似乎變大了，嘩啦啦的雨聲傳進店內。

「要是有店員在就好了……」

安子腦中閃過臭臉的阿創和笑咪咪的日向。要是有他們在，我就會很放心。但我也沒錢雇用他們。就算嘴巴裂了，我也說不出「來當書店店員啦」這種話。因為阿創是天生的甜點師，日向全力支持著那樣的阿創。

「對了……」

安子從櫃檯內雜亂堆積的書裡取出一本縐巴巴的雜誌，裡面刊登了咖啡廳附設書店的文章。她又想起藏在心底的那個想法。

——甜點店附設書店。

這確實是不錯的點子。

和他們一起開店，應該會很有趣。

和他們一起開店，應該不會寂寞。

而且，和他們一起開店……我就不會害怕了。

浮現出這些想法後，安子再也按捺不住，想要一起開店的念頭不斷地擴大。

坐立難安的她，傍晚提早關店，冒雨再次前往「Chez Hirono」。

「咦，安子，妳今天也來啦。」

見到連續兩天上門的安子，日向露出「怎麼了？」的表情。

「欸那個……」

「今天要買蛋糕嗎？」

「呃，嗯。對……」

大概是雨天的關係，蛋糕櫃裡剩的蛋糕比平常多。也許是聽到兩人的交談，或者是剛好而已，阿創也難得走出廚房。

從店名「Chez Hirono」來看，這家店的老闆姓洋野（Hirono），也就是阿創，安子的點子必須獲得他的同意。如今，阿創就在眼前，這是絕佳的機會。可是，她煩惱著該如何開口。憑著一股衝勁來到這裡，卻還沒想好要怎麼說服他，沒有任何具體的計畫。

「安子喜歡的水果塔還有剩喔。今天天氣不好，安子是第三個客人。」

「啊，是喔……」

如日向所言，蛋糕櫃裡還有好幾個色彩繽紛的水果塔。但，這並非安子來此的目的，她是來提議甜點店附設書店的事。

真的要說嗎？假如他們不當一回事該怎麼辦？安子心中浮現這樣的擔憂。

「怎麼啦？」

兩人注視著猶豫不決的安子。日向歪著頭，露出納悶的表情；阿創則是準備要回廚房的樣子。既然如此，那就乾脆一點說出來吧。安子握緊拳頭，開了口：

「要不要搬到我那裡？」

兩人聽了一臉驚呆，安子接著說：

「我那邊是好地段，這些美味的甜點在那裡，說不定會受到更多人喜愛。」

阿創和日向互相對視。面對突如其來的提議，他們似乎還沒進入狀況。安子又繼續說：

「我的意思是，阿創的店要不要搬到我店裡？」

「我是有聽懂……所以，安子要把書店關了嗎？」

日向這麼問。

「我沒打算關店喔。我在想，把一棟建築物的一半開書店，一半開甜點店。你看，這裡是小巷子，繼續經營下去就會變成只有熟客光顧的店。我的店離車站近又有人潮，營業額肯定會增加。營業額增加就能做更多研發，創作出更美味的蛋糕……」

也許是明白了安子的想法，日向表情嚴肅，雙手環胸。

「嗯～……那些是我們的好處，安子會有什麼好處呢？」

「我是房東啊，所以我會收房租。而且，坦白說我的店生意也不太好……來買阿創做的美味蛋糕的客人，或許也會順便買我店裡的書。」

「這麼一來，書的庫存就會減少，營業額也會減少不是嗎？」

日向說得沒錯。即使有房租可收，經營狀況可能會變得更差。

「那，那樣的話……」

安子聲音嘶啞地說，接著低下頭。沒有具體的計畫，一股腦兒衝來這裡，她對自己的衝動感到後悔。

就算安子認為這是完美的提議，對方也是經營者，自然會考量好處與壞處。

在裝潢充滿小酒吧氣息的地方開店，除了房租說不定還有其他理由，讓他們決定在這裡做生意。

錢也是一大問題。連書都買不起的阿創應該湊不出搬家費用。當然，安子也沒辦法負擔。

更何況，花了那麼多錢也無法保證三個人都能賺錢，搞不好一起慘賠。

「……」

即便如此，安子還是想和他們一起開店。

令她堅定信念的動機只有一個。

自從那一天、那一刻開始——

「那個……」

安子低著頭，娓娓道出心聲。

「我很寂寞。自己一個人開店很寂寞。」

成為這裡的常客後萌生動機。當然，那件事也促成了這樣的想法。

「看到你們的互動，我一直很羨慕。有可以互相商量的夥伴，有值得信任的夥伴，有能夠分享喜悅的夥伴……這讓我好羨慕。」

前幾天接到大訂單的時候，安子很開心。假如當時日向就在身邊，那份開心也許會增加好幾倍。如果是阿創的話……雖然不知道他會有什麼反應，但應該會自顧自地跟他說她有多開心吧。

安子抬起頭看看阿創，再看看日向。阿創一如往常，日向恢復平時柔和的表情。

「其實啊，我已經作了約定，再過一年要是生意沒有好轉就得關店。可是，我真的不想失去那家店！那裡充滿我的回憶……我的一切，所以……所以我！」

安子突然噤聲，店內一片寂靜，只聽見雨水敲打道路的聲音，偶爾夾雜汽車或機車駛過的聲音。

「……阿創，你怎麼想？」

這是異想天開的提議，也是自己任性的要求，如果被拒絕就乖乖回家吧。正當安子那麼想的時候，阿創給了出乎意料的回答。

「我們先去那家店看看，確認這傢伙的計畫是否可行吧。」

◇

甜點店公休的星期三，阿創和日向來到安子的店。

今天可說是梅雨季的中場休息，太陽露臉、天氣相當好，儘管氣溫也飆高變得悶熱，但店內看起來很明亮，令人心情愉悅。真是適合勘察的好日子。

為了讓店看起來體面些，安子努力打掃，在推薦書旁擺上手寫的ＰＯＰ廣告。這麼一來，店裡應該比平常感覺更有活力吧。當然，她也開了冷氣。

不過，安子心中還是很不安，不知道他們會有什麼反應。假如他們接受提議，接下來能否解決錢的問題。就算解決了錢的問題，生意就會變好嗎？一旦開始想就會沒完沒了。

「哦～安子的店是這種感覺啊。」

日向巡視著寬度比深度窄的店內這麼說。

「對了，日向是第一次來這裡吧。你平常有在看書嗎？」

為了掩飾內心的不安，她對日向提出這個問題。

「我很喜歡看書喔。」

「是喔，你都看哪些書？」

「我什麼都看，但最常看的是小說吧？尤其是這本，是我現在很喜歡的書。」

日向拿起作家倉綿比奈的小說。這本書被翻拍成電視劇後銷量大增，被安子大量陳列在店內最顯眼的位置，她也看了好幾遍。

「那本書，我也很喜歡！」

「真的嗎？弱勢女性戰勝困難的故事情節，正中我的喜好。」

「嗯嗯嗯，沒錯！」

後來兩人針對書的內容聊得很起勁，哪個角色很棒，某個傢伙很可惡等等，話匣子一開停不下來。

「安子還有其他喜歡的小說嗎？」

「我想想，應該是東野圭吾的作品吧。」

安子指向櫃檯附近書架上的東野圭吾專區。

「超經典！」

「嗯，他的書比較好推薦給客人，讀過就會明白為何說是經典。而且……」

「而且？」

「因為賣得好，所以我喜歡。」

安子臉上滿是笑意。

「啊哈哈，這是開店做生意最重要的事嘛。所以說，旁邊的專區也是這樣的作品嗎？」

日向指著時代小說的專區。由於地域特性，幸福堂的客層年齡偏高，這類的書也賣得不錯。

「嗯，對啊！當中又以佐伯泰英的作品最讚，像是《打瞌睡磐音的江戶雙紙》，這個系列有五十一集，偶爾會遇到整套買下的客人喔。」

安子望著那套排滿兩層書架的叢書，每一本書背上的剪紙插畫，擺在一起就變成一幅壯觀的畫。

無論小說或漫畫，能夠整套賣出是系列叢書的優勢。況且有五十一本，金額更是不容小覷。除此之外，只要客人成為作家的粉絲，也會購買其他作品。

「什麼嘛，所以妳店裡只有好賣的書啊。」

阿創突如其來潑冷水的發言令安子感到不悅。

「才沒那回事。雖然我沒賣你要的那種專門書籍，但我也是有花心思選書設置專區好嗎。」

安子背對櫃檯，朝書架的另一側走去。那裡有個集錦專區，放著各種系列與作家的作品，架上貼著「幸福堂書店大賞」的醒目標示。平放的每本書都有安子親手製作的ＰＯＰ廣告，說明書的「賣點」。

「你看！這裡都是我看過的書，我還做了布置。」

安子抬頭挺胸，一副「怎麼樣啊」的神情。

「是喔……那，這裡的書賣得好嗎？」

「唔，你真會戳人痛處耶……」

遺憾的是，這個專區的書賣得不太好。放在店的深處也是原因之一，但主要的理由目前尚未得知。

「我懂妳的心情啦，想要提高營業額真的很難，有時我自認做出超優的蛋糕，結果卻被客人打槍。」

「咦，阿創的蛋糕也會被嫌喔。」

沒想到阿創會那麼說，原本打算反擊的安子有些失落。

「對了安子，妳為什麼推薦這本書啊？」

「啊，那本書——」

談及推薦的書，安子就變得滔滔不絕。她熱情地對日向說明那本小說的精采之處，同時巧妙避開爆雷。

之後安子和日向持續聊著小說的話題，彷彿永遠聊不完的他們被晾在一旁的阿創出聲打斷。

「……哥，我們該確認她的計畫了吧。」

「對齁，那才是今天的目的。抱歉抱歉，我聊得太起勁了。」

「欸？」

剛剛，阿創叫日向「哥」，但明明日向的年紀比他小。這麼說來，上次去「Chez Hirono」試吃新品時，他也提過哥。那時候以為是他的親哥哥，原來是日向。

「安子怎麼啦？」

「喔，沒事沒事。」

安子很想知道理由，但又覺得那不是她能夠過問的事，所以說不出口。

「是喔……？是說安子，關於上次的提議，妳的想法是？」

經日向一問，安子恢復平常心，回想腦中的計畫。那天衝去對他們說了自己的提議後，五天來她一直很認真思考，現在終於要發表具體的計畫了。剛剛還在愉快聊著小說的事，此刻的安子卻一副鄭重其事的表情。

「我在想，把店分成兩邊，這邊是書店，這邊是甜點店。」

安子張開雙手，做出將深且狹長的店面一分為二的手勢。

那天日向曾問到，書店面積減半，真的沒問題嗎？安子為此煩惱許久。最後，她想出只放自己真正想推薦的書，以及最低限度的必需品，就能實現這個計畫。

小書店得有特色，安子自知若店內商品和其他店大同小異，肯定會輸給大型書店。雖然對父母感到抱歉，但裡面那些賣不掉的書可以先收進倉庫，如果有客人問起，馬上拿出來就好啦。

「甜點店的最深處是阿創展現手藝的廚房，蛋糕櫃放在接近門口的這個地方。這樣就會鄰接書店的櫃檯，可以同時應對兩邊的客人。」

「可是，中間多出來的空間怎麼辦？」

如日向所言，這麼一來會多出一半以上的空間。不過，安子早就想到這點了。她參考了那本雜誌刊登的文章。

「我打算設置內用區，邊看書邊吃美味的蛋糕不是很棒嗎？」

「對欸，這是個好主意！」

「這樣的話就得有人做外場的工作，我和日向一起分擔。」

日向的反應似乎不錯。安子看了看阿創，他不改本色地說：「我想要比現在更大的廚房。」

「可以啊。這只是我的想法，你想把廚房弄大一點也沒問題喔。」

阿創的反應也不賴。士氣大振的安子一口氣說完整個計畫，像是內用區的桌椅配置，以及「或許能夠提供這樣的飲品」等等。

「這些就是我的想法，你們覺得……怎麼樣？」

後來，阿創和日向談了一會兒。

「安子的計畫聽起來滿有趣的。」

阿創聽了日向的話，默默點頭。

「我認為可行，阿創覺得呢？」

「我也想在這裡試試我的實力，不過……」

「你別在意那件事，我已經決定要全力支持阿創了。」

「哥……」

氣氛變得難以介入，安子和他們保持距離。他們又談了約五分鐘，日向拍拍阿創的肩膀後，來到安子面前。

「你們……決定好了嗎？」

「安子，甜點店也很注重店裡的清潔感，以妳的店現在的狀態好像有點困難。」

儘管反應不錯，出乎意料的這句話令安子感到洩氣。她已經很努力打掃了，還是藏不住陳年的老舊感。日向說得沒錯，大部分的甜點店無論外觀或內部裝潢都很整潔時尚，這家店的裝潢會讓阿創的蛋糕失去三成的美味。

「所以包含這點在內，我們得謹慎評估才行，非做不可的事太多了。可是……這對阿創來說是很難得的機會，我也覺得繼續在那裡開店對阿創不是好事，那裡不是適合開甜點店的地方。」

「所以你的意思是……？」

日向露出如向日葵般燦爛的招牌笑容，接著說：

「我們很樂意接受安子的提議。」

日向說出安子內心期待已久的答覆。

「真的嗎？我好高興！謝謝你們!!」

安子笑得無比開心。

這天安子的店還是照常營業，於是三人先約好今後的事在彼此關店後討論，然後解散。

兩人離去時，和阿創一起走出店外的日向又繞了回來，在安子耳邊悄悄說：

「阿創好像很喜歡安子喔。」

「蛤？那傢伙喜歡我?!」

阿創今天依然是那副粗魯的態度，而且安子和日向在聊小說的時候，他幾乎被晾在一旁。安子想不到自己有什麼地方會被他喜歡。

「除了我，他很少對其他人敞開心房……」

日向留下這句話後，不等安子回話，便轉身去追先行離開的阿創。

第二章　兩人的生乳酪塔

「呵呵，第一次的結婚紀念日就快到了，要怎麼慶祝呢？」

這是某個地方都市的住宅區裡常見的透天厝，雖然建築物感覺有些老舊，但客廳的木地板散發優美的光澤感，窗戶玻璃也很乾淨透亮，看得出來住戶有細心打理。牆上的月曆，九月七日這一天被愛心框住。

在那樣的客廳裡，留著蓬鬆鮑伯頭的三岩志保坐在沙發上，邊哼歌邊瀏覽食譜網站。她想好好慶祝難得的紀念日，儘管離那天還有半個月以上的時間，但她依然幹勁十足。

「那天是重要的日子，而且我也努力存了錢，乾脆奢侈享受一下吧。」

志保到廚房確認爐上正在加熱的鍋子，一手滑著手機繼續思考該怎麼慶祝。結婚紀念日也是志保的生日，那天輕鬆點，直接買百貨公司地下美食街的菜也是不錯的點子，蛋糕就買老公高志最愛的那個——

當志保想著紀念日的慶祝計畫，時間很快就過了，玄關傳來有人進屋的聲音。

她看看時鐘，時間是下午六點前。應該是去兼差的婆婆回來了，志保不由得繃緊神經。

沒多久，婆婆出現了。五十五歲的她身體硬朗，但臉上的濃妝還是掩蓋不了皺紋。五年前丈夫過世後，獨生子高志離家，她過起獨居生活。因為受不了寂寞，在她強烈要求下，兒子婚後便開始一起住。

三人住在四房兩廳一廚的房子。雖然不像二代宅分成父母和孩子兩個世代的空間，還是擁有充分的隱私，所以當時志保也不反對與婆婆同住。然而，現實可沒那麼美好。

「您回來啦。」

婆婆聽了卻毫無反應。她不發一語走上前，以鄙視的目光看著坐在沙發上的志保。

「志保，妳好像很閒喔。」

婆婆說完將手上的包包往沙發一扔，走向廚房。志保趕緊起身追過去，鍋蓋已經被打開，婆婆正在看冰箱。

「妳還沒準備晚飯嗎？」

明明都打開鍋蓋了，難道什麼都沒看到嗎？晚餐已經差不多完成了。

「只剩漢堡排還沒煎而已……」

高志回到家通常是六點半左右，在他快到家之前做好這道菜就可以開飯了。不過，婆婆的眉頭卻皺得更深，一副不相信的模樣。志保趕緊從冰箱裡取出包上保鮮膜的料理盤，接著說：

「您看，就是這個。我、我還有做蜜汁胡蘿蔔和烤馬鈴薯當作配菜。因為今天比較熱，我也做了爽口的醋漬蔬菜喔。然後，因為是西式料理，所以我做了平常沒做過的法式清湯。」

志保說完，婆婆隨即搖搖頭，彷彿她做錯了什麼。婆婆瞪著爐上的鍋子，像是看到垃圾似的。

「那孩子只喝味噌湯。你們都生活一年了，連這點事都不知道嗎？」

「什麼?!」

——才不是那樣。之前兩人外出用餐時，高志喝法式清湯喝得很開心，而且他還說「老是喝味噌湯，偶爾喝點不一樣的真不錯」。

「這是高志他——」

「妳讓開一下。」

婆婆無視驚慌失措的志保，逕自走到鍋子前。接著，竟然把好不容易煮好的法式清湯倒進水槽。不鏽鋼水槽接觸到熱湯，膨脹發出砰的聲響後，傳出液體往下流的聲音。

「呃……」

志保被婆婆的舉動嚇到呆站原地。高志的確說過最喜歡味噌湯，但他也說過偶爾喝法式清湯也不錯，所以她才會為了他做……太過分了，真的太過分了。

水槽裡只剩下煮透的馬鈴薯、胡蘿蔔、培根、洋蔥等食材，金黃色的清湯早已消失無蹤。

「好了，再過三十分鐘高志就要回來囉。快點準備好晚飯！」

「……是。」

志保含淚收拾沒人吃過的食材，開始煮味噌湯。

隔天早上，志保和高志在餐桌前共進早餐，已經吃完的婆婆不在這裡，她正忙著梳洗打扮，準備出門上班。三岩家的早晨一向如此。

「對了，高志。我們的第一個結婚紀念日，你打算怎麼過？」

高志左手拿著已經冷掉的吐司，邊吃邊用右手滑手機玩遊戲。聽到志保叫他，他看了她一眼，很快又將視線移回手機上。

「……你聽我說啦。」

不知道是聽進去志保的話，還是遊戲玩完了，高志放下手機看著她。

「妳說什麼？糟糕，已經這個時間啦。」

高志把剩下的吐司塞進嘴裡，喝咖啡吞下。

「我們的第一個結婚紀念日快到了。」

「是喔，已經一年啦？」

高志用面紙擦拭手、嘴，繫上生日時志保送的深藍色領帶。

「對呀。所以，高志有沒有想吃什麼？」

「想吃什麼啊……」

高志用繫領帶的手托著下巴思考。志保心想，只要不是太困難，我想實現高志的心願。

「對了，說到想吃什麼——」

高志想吃的東西會是什麼呢？為了不漏聽，志保豎起耳朵仔細聽。

「——昨天，妳做晚飯是不是偷懶？」

「蛤?!」

總算等到高志回話，卻不是志保想知道的回答。而且，那句話簡直就像是在婆婆造成的傷口上撒鹽一樣。

「才不是那樣——」

「可是我媽就是那樣說喔。」

——不對，才不是那樣。重煮的味噌湯也是趕在高志回家前就煮好了。但，志保把沒說出口的話硬生生吞了回去。因為這個家裡，婆婆最大。每當志保和婆婆發生爭執，高志總是站在婆婆那邊，所以她明白繼續反駁只是白費力氣。

「妳既然是家庭主婦，家事就要好好做，我在外面可是流著汗辛苦賺錢。」

「……」

結婚不到一年，兩人之間已經開始漸行漸遠。重要的結婚紀念日是讓兩人的距離恢復到新婚時期的好機會，也正因為如此，志保格外用心準備。可是繼續這樣下去，到了那一天兩人真的能縮短距離嗎？

送老公和婆婆出門後，志保大大地嘆了口氣。

◇

「早安！」

「早啊，安子。」

車站附近的小書店，今天依然充滿活力。安子打開書店的鐵捲門，柔和的晨光照進白色與木紋基調構成的整潔店內。

「嗯，今天也是好天氣。」

安子輕聲地說。她穿著白襯衫、黑色緊身裙，加上短圍裙，一副女侍應生的打扮。回到店內，她穿過數張桌椅，朝店的內部走去。

安子探頭看了看廚房，隨即被蛋糕剛出爐的甜甜香氣包圍。身穿純白廚師服，眼神專注地做著蛋糕的阿創就在廚房裡。現在是一天當中，阿創最耀眼的時刻。

「阿創，早安！」

「喔。」

阿創看了安子一眼，馬上又埋首於蛋糕的製作。專心做蛋糕的阿創總是這樣，他正在用抹刀為蛋糕塗上巧克力。為了不打擾阿創，安子轉身回到店內準備開店。

一週前還是街坊書店的幸福堂書店，改頭換面變成「法式甜點幸福堂書店」。約莫兩個月前，書店老闆安子對在小巷內開甜點店的阿創和日向提出一起開店的提議。

當時安子興沖沖地向兩人提出這個計畫，但要實現這個計畫有許多必須克服的難關，當中最大的問題就是資金。

甜點店搬到書店勢必得進行相等程度的整修，除了廚房設備，還有內用區和蛋糕櫃，受損的裝潢及外牆也得處理一下。委請當地的工程行評估後，竟然得花兩千多萬。這樣的金額實在無力負擔，可是縮減至最低範圍也要九百多萬。

安子籌不出這筆費用，阿創和日向的店也經營得很辛苦，手邊應該沒有大筆現金。既然如此，只能去借錢了。

「申請得到貸款嗎……」

安子事先作了調查，除了銀行，還有日本政策金融公庫這樣的機關也能進行低利的商業貸款。安子心想先試著申請看看，如果不行就放棄吧。

「不過，借了錢我還得起嗎……」

假設借一千萬要在五年還完，光是本金，每個月就要還十七萬左右，這還不包括利息。以書店和甜點店的營收有辦法還錢嗎？想到這裡，安子突然感到不安。

「看樣子，好像只能放棄了……」

安子坐在書店後面的桌子前，望著各種估價單，大大地嘆了口氣。

「安子，怎麼啦？」

順著聲音的來源轉過頭，原來是日向，那張稚氣未脫的臉透露出「沒事吧？」的擔心。

「喔，我在想該怎麼籌措整修費用。」

聽到安子那麼說，「奇怪？」日向歪著頭，用食指戳臉頰。

「我沒跟安子說嗎？整修費用我出，妳不必擔心那些啦。」

日向說完後，從安子身後拿走放在桌上那疊厚厚的估價單，從裡面抽出最高金額兩千多萬的那張給她。

「我打算選這個。」

「什麼?!」

相較於露齒微笑的日向，安子則是張著嘴一臉驚呆的模樣。

就形式上而言，安子提供建築物，甜點店以租客的身分遷入，因此遷入時的整修費用由他們負擔其實沒什麼不妥。

可是，這次是安子主動詢問「要不要搬來我店裡？」，情況就有些不同。而且，日向選的那張估價單也包含了書店的整修，讓他全額負擔實在說不過去。

「我和阿創都想這麼做。」

「那不光是甜點店的整修，也包含書店的裝潢喔？」

「別在意那些。阿創說想在這裡挑戰看看的時候，我已經決定這麼做了。」

「可是……」

安子還是覺得過意不去。只要把重要的定存解約，書店的裝潢應該付得出來。

她試著這樣告訴日向，但他還是堅持「錢我出」。

「安子，真的沒關係啦。」

「日向，難道你是有錢人家的少爺嗎？」

二十四歲就能輕鬆拿出兩千萬如此龐大的金額，說不定他每個月都有一百萬左右的零用錢。

「啊哈哈，我不是啦。」

日向搖頭否認，飄逸柔順的深褐色髮絲輕盈擺動。

「那你怎麼拿得出那麼一大筆錢……」

「我曾經努力打拚過，所以存了一些錢。」

這麼聽來，日向是靠自己的力量存了一筆錢。話雖如此，那樣的年紀是怎麼存到那麼多錢？既然有錢，為何要選在那種不起眼的小巷子開甜點店？反正都要換地方，應該不是搬來和老舊的書店擠在一起，要選更具挑戰性的都市精華地段才對啊……

儘管內心充滿疑問，日向果真說到做到，也多虧他大方出資，整修工程進行得十分順利。

依照安子的提議，書店的面積縮減為一半，不過，庫存的書並未減半。入口那側以外的三面牆做了高達天花板的書架，書全擺在架上。因為第一層到第三層碰不到，所以用來放乏人問津的書。倘若有客人問起，踩上踏台就能取書。

然後在多出來的空間，設置甜點外帶吧台、內用區以及廚房。考量到客人的方便性，櫃檯設在吧台內，書和甜點可同時結帳。這麼一來，安子和日向就能兼顧書店和甜點店的工作，也比較方便休息。

順帶一提，阿創工作的廚房從外面看不到裡面。原本安子提議「要是客人從座位可以看到阿創做蛋糕時的帥氣身影該有多好」，卻被阿創一句「我不想拋頭露面」狠狠回絕。

「今天也有好多看起來好好吃的蛋糕喔！」

正努力打掃的安子看向蛋糕櫃，裡面擺著色彩繽紛的蛋糕。甜點店搬到這裡之前，蛋糕頂多六種左右，現在數數已有八種。開店後經過一段時間又會增加，最後會有十種以上。

「今天是哪一種會賣不完呢？」

安子邊說觸霉頭的話，邊物色起關店後要吃的蛋糕。

「欸欸安子，賣不完可就糟囉。」

和安子一樣穿著侍應生服裝的日向苦笑著吐槽，這身打扮的他就像電視劇裡的管家。明明是穿相同風格的服裝，我看起來就是很普通的店員，為什麼我們會有這樣的差異？應該是衣服之外的問題吧，安子作出這樣的結論。

「啊哈哈，對齁。全部都要賣掉才行，營業額也還沒達標。」

俗話說三個臭皮匠勝過一個諸葛亮，遺憾的是，他們三個都沒有生意頭腦，湊在一起仍無法改善生意。因為尚未適應的工作搞得手忙腳亂，沒有舉行盛大的開幕特賣或許也是理由之一。

所以，即使陳列的蛋糕數量不多，每天還是剩下不少。但，如果減少蛋糕的數量，好不容易上門的客人可能下次不會再來。不能發生沒商品賣的窘況。目前是利用小物裝飾蛋糕櫃裡多出的空間，營造熱鬧的感覺。

「好～」

看了看整修後仍掛在相同地方持續報時的木製大鐘，時間已是上午十點。

「時間到了，開店囉。」

「ＯＫ！」

安子打開鎖住的門，以前像是卡住般搖搖晃晃的自動門，現在換成了一扇有深棕色美麗木紋的門。她拿起放在店內的立式招牌擺在店門前，讓路過的人都能看見。招牌上寫著大大的ＯＰＥＮ，還有一部分的菜單。

「好，準備完成。」

安子沒有立刻回到店內，她望著店的外觀露出滿意的笑。曾是暗灰色的外牆變成漂亮的奶油色，巧克力色基底的招牌上用白色寫著「Pâtisserie Kofukudo」和「幸福堂書店」。這個巧克力色也用在門框等其他部分。散發溫暖感的木頭窗框，隔著落地窗看到店內的蛋糕櫃真是美極了。

「嗯，今天的店看起來也很美味。」

心滿意足的安子回到店內，耳邊傳來西洋流行歌。看樣子是日向打開了背景音樂。開店的準備工作都完成了，今天會有多少客人上門呢？安子滿懷期待地開始看店。

「歡迎光臨！啊，藤本先生！」

才剛開店，今天的第一位客人就出現了，是以前常來書店的在地客。他好奇地在店內四處張望後，來到安子身邊。

「我聽說整修完了，所以過來看看，這店變得好時尚喔。」

客人看向蛋糕櫃裡的蛋糕，臉上浮現笑意。

「這麼說很失禮，我本來還在想書店賣的蛋糕大概不怎麼樣……沒想到出乎意料呢。每個看起來都好好吃……怎麼辦才好。」

看到入迷的客人，視線不斷在蛋糕櫃來回游移。

「全部都很好吃喔，請您慢慢挑選。」

安子很有自信地說道，因為蛋糕櫃裡的蛋糕她都試吃過了。

考慮了三分鐘左右，客人選了四個蛋糕，日向接著在吧台後方將蛋糕裝盒。

客人緊盯著日向。

「欸欸，那個好青年是妳的意中人嗎？」

客人單手遮口，突然輕聲地投下震撼彈。

「蛤?!」

還在努力適應新環境，根本沒意識到那種事，況且日向還是此刻人不在外場的阿創的經營夥伴。不過，如客人所言，他的確是好青年。難道外人會這樣看我和日向？安子頓時臉紅起來，急忙否認客人的話。

「才不是您想的那樣呢！」

「咦，是喔？很少看到兩家店開在同一間房子，我還以為你們有什麼關係。不過真是太好了，這裡完全變了一個樣，變得好漂亮。」

「啊，是！謝謝您！」

客人從表情呆愣的日向手中接過紙盒，在兩人的目送下離開。安子用手搧風，想讓發燙的臉降溫。

「剛剛的客人是安子認識的人啊？」

日向保持一貫的爽朗這麼說。和那樣的日向對上眼，安子的臉又開始發燙，同時也再次感受到自己不再是獨自一人了。

直到前陣子都是一個人寂寞不安地開店做生意，根本沒人和自己說話。安子心中暗自體會這份感受，日向歪著頭看她。看來，她又盯著日向看太久了。

「啊，對啊。那個客人住在附近，經常來買書。」

「是喔，我本來還在擔心安子的客人會不會變少，看樣子有逐漸回流真是太好了。」

「嗯！」

安子微笑著回應日向的體貼。

一直到中午前，外帶的客人斷斷續續上門。很多都是以前去過「Chez Hirono」的客人，或是安子的常客，新客人依然沒幾個。

「日向，久等了，店裡的狀況如何？」

先去午休的安子回到店內後，連忙關心詢問。

「這個時段很糟，蛋糕一個也沒賣出去，只賣掉一本雜誌。」

「這樣啊。」

真可惜，今天午休時段的生意還是不好。

「那換我去午休了，接下來交給妳囉。」

「好，路上小心。」

安子和日向交接後，進入吧台開始看店，約莫過了十分鐘。

隔著玻璃窗，她看到店門前停了一台全黑的大車。司機下車打開後面的車門，一位看似貴婦的女性下了車。

「是來我們店嗎……」

安子幾乎沒遇過有司機接送的人。她是客人嗎？還是為了方便下車，把車先停在店門口呢？就在安子猜測的同時，那位女性毫不猶豫地推開幸福堂的門。她踩著高跟鞋發出響亮的聲音，朝安子所在的吧台走來。

安子打量著那位女性。或許是穿著高跟鞋的關係，她的身高是安子得抬頭看的高度。年紀大概比安子的父母小一輪，她的儀態散發出優雅氣質。

「這裡是 Chez Hirono 的新店面嗎？」

聽她的語氣，應該是以前的客人。

「對，沒錯。現在的店名是『法式甜點幸福堂書店』。」

「這樣啊……」

貴婦的視線往下移，望向蛋糕櫃。

「還是沒有草莓鮮奶油蛋糕啊。」

「是，真的很抱歉……」

其實開店以來，有件事一直令安子很困擾，那就是稱得上蛋糕之王的草莓鮮奶油蛋糕，竟從未出現過。

「欸，阿創，沒有草莓鮮奶油蛋糕唷？」

重新開幕前的某天，安子看著阿創列出的品項表這麼說。

「……」

「難道你忘記寫啦？」

「不，我沒忘。那樣就好。」

儘管他說這樣就好，這可不是那樣就好的問題。

「為什麼？對蛋糕店來說，那是必備商品不是嗎？」

「……」

無視安子的提問，阿創起身背對她打算離開。若是平常的阿創，不管安子說什麼他都會聽，但一提到草莓鮮奶油蛋糕的事，他的態度立刻變得嚴肅。

「可是……我家過生日都是買草莓鮮奶油蛋糕耶……」

聽到安子那麼說，阿創停下腳步輕聲低喃。

「我……我只做想做的蛋糕。」

「可是！」

「好了好了，安子，蛋糕的品項就交給阿創決定吧。」

到目前為止，這樣的爭論發生過好幾次。的確，Chez Hirono 搬來之前也沒賣過那款蛋糕，但阿創為何那麼排斥做草莓鮮奶油蛋糕呢？至今仍是個謎。

「我聽說他們搬家了，心想說不定有賣……」

安子眼前的貴婦非常失望地這麼說。

「真的很抱歉，我們目前沒有賣這款蛋糕……」

對安子而言，那是很想擺在店裡賣的必備商品之首。因為沒賣那款蛋糕而得向客人道歉，讓她感到很難受。

「別這麼說，沒關係的，我知道以前就沒賣。那麼……這裡的蛋糕全部都給我兩個可以嗎？」

安子心想，這位客人大概什麼都不會買就走了吧，沒想到卻聽到令她驚訝的話。仔細數一數，蛋糕櫃裡的蛋糕有十種，每種都買兩個，加起來就是二十個。出乎意料的大量購買讓安子眼睛一亮。

「啊，是！感謝您的惠顧！」

關店後，三人在後院小小的休息區邊聊天邊吃賣剩的蛋糕，這是重新開幕後成為慣例的反省會。

結果，今天也有十幾個蛋糕沒賣掉。幸福堂為了維持「蛋糕的品質」，關店之前不做降價促銷，因此賣剩的蛋糕有一部分會在反省會的時候吃掉。

「今天啊，日向去午休的時候，來了一位客人買走二十個蛋糕喔。」

由於阿創平常不在外場，所以安子會向他報告當天發生的事。

「這樣的客人得好好珍惜喔。」

原本對著賣剩的蛋糕皺起眉頭的阿創，頓時流露笑意。

「嗯，當然！可是啊……」

「可是什麼？」

「因為沒有草莓鮮奶油蛋糕，那位客人很失望呢。」

聽到草莓鮮奶油蛋糕這幾個字的瞬間，阿創隨即面露不悅。看來他仍然不想聊這件事，繼續說下去只會讓氣氛變差，於是安子結束了這個話題。

「哎呀，總是會遇到那樣的客人啦。」

「那，後來店裡怎麼樣？」

「之後就沒人上門了，內用區也只有一個客人，後來我一直很閒。」

擺在桌上的蛋糕就是最好的證據。安子從中拿起生乳酪塔放進自己的盤子。阿創做的生乳酪塔，表面是帶有光澤的奶油色，裡面就像安子以前試吃過的咕咕霍夫那樣布滿切碎的果乾。切面宛如璀璨的寶石，光用看的就讓安子覺得好幸福。

「安子，妳那是第幾個蛋糕？」

「嗯……第四個吧？」

「雖然丟掉很可惜，但吃太多對身體也不好喔。」

「欸～可是很好吃嘛……」

安子總是忍不住吃太多。每天反省會結束時，她也差不多吃飽了，所以對她來說，蛋糕可說是免錢的晚餐。

「那，我要吃囉。」

安子用叉子把生乳酪塔切成小塊，以藍紫色、寶石紅、粉紅色等色系的莓果為主體的果乾還是那麼美。

吃一口可以感受到塔皮濕潤且酥脆的豐富口感，同時間，冰涼爽口的生乳酪風味在嘴裡擴散，接著是果乾的甜。不，不只是甜，還有蔓越莓的清爽酸味接連在口中瀰漫。

這樣的生乳酪塔好吃自不在話下，但安子認為美味關鍵是巧妙使用了加鹽的鹹香塔皮。

「嗯～真好吃！」

「啊哈哈，看安子吃真的覺得很好吃呢。」

阿創也喜孜孜地看著安子，而那個生乳酪塔很快就進了安子的胃。

「呼，好好吃。」

安子喝了口茶，喘口氣。

「店裡沒有其他事了嗎？」

「啊，對了對了，剛剛提到的那位內用的客人，後來買了吃蛋糕時看的書。」

重新開幕的主打就是店內賣的書，可以「坐下來看」。翻閱漫畫之外的書籍得花一點時間，因為時間限制沒看完，會讓人很在意後續發展。出現了如預想中買書的客人，對安子而言是莫大的收穫。

儘管還沒創下驚人的業績，但安子覺得確實有逐漸進步。

隔天下午。

「歡迎光臨！」

「那個……」

一位留著鮑伯頭的年輕女性來到幸福堂。安子對她有印象，約莫三天前的下午茶時段，她曾上門內用。

「我想預訂蛋糕，不知道可不可以？」

重新開幕以來，期待已久的預約客終於來了。不過現在還不是開心的時候，如果她要訂草莓鮮奶油蛋糕，那只能拒絕了。

「可以！當然可以。請問……您已經決定好要訂哪種蛋糕了嗎？」

「生乳酪塔，我想訂一整個可以嗎？上次吃了覺得非常好吃。」

卸下心中的擔憂，安子這才鬆了口氣。如果是店內陳列的蛋糕，不管是什麼阿創都肯做。生乳酪塔是常備商品，完全沒問題。

「好的，我幫您登記。」

「太好了。然後……請給我一根蠟燭，在蛋糕上加 Happy Anniversary 這些字。」

第一次接到的預訂不是常見的生日蛋糕，好像是用來慶祝某個紀念日。安子將客人的要求寫在預訂單上。這也是第一次使用預訂單，她開心到掩不住笑意。

「不好意思請教一下，您是要慶祝什麼紀念日呢？」

「結婚一週年紀念日。」

「是喔，那真是恭喜您！」

在安子的指示下，那位女性害羞地在預訂單上寫下名字和聯絡方式。姓名欄寫著「三岩志保」。

到了取貨日的九月七日，志保帶走預訂的蛋糕。

◇

隔天早上出事了。為了消耗最近攝取過多的卡路里，安子到附近散步。

「咦……？」

當她經過某處的垃圾場時，透過成堆的半透明垃圾袋，發現了令她在意的物體輪廓。

「那難道是……不，應該不可能啦……」

雖然覺得打開別人的垃圾袋不太好，但她實在很在意，於是解開了垃圾袋。

打開的瞬間，被夏季高溫悶出的廚餘臭味讓她不禁皺眉。她憋住氣，又往垃圾袋裡看了一次。裡面裝的竟然是被壓爛的生乳酪塔，看起來似乎一口都沒吃。混著咖啡渣等其他廚餘，簡直慘不忍睹，但那個的確是昨天售出的預訂蛋糕。寫著「Happy Anniversary」的巧克力牌還在，肯定沒錯。

「怎麼會這樣……」

安子聲音顫抖地說，呆站在原地好一會兒。

回到店裡，即便時間還早，日向和阿創已經到了。見到兩人的瞬間，安子想起剛剛看到的慘況，煩惱著該不該把那件事告訴他們。可是，如果知道這件事，他們一定會很難過——尤其是阿創。所以，安子決定把那件事埋在心底。

不過，被扔掉的蛋糕擾亂了安子的心。可憐的蛋糕，為什麼會遭受那種對待？被帶走之後到今天早上這段時間，究竟發生了什麼事……工作時安子一直想著這些事，完全心不在焉，結果她就出包了。

「啊！」

整理內用區的桌子時，她一個手滑把杯子摔到地上了。杯子落地發出哐啷的碎裂聲，玻璃碎片散落一地。幸好當下沒有客人，沒給任何人添麻煩，聽到聲音的日向慌張地跑過來。

「安子，沒事吧？」

「嗯，我沒事。真是對不起……我把杯子打破了。」

那是配合重新開幕新買的玻璃杯。為了襯托阿創的蛋糕，特別選了價位略高的雕花玻璃杯，數量不多幾乎沒有備用品。

「妳沒受傷吧？」

「嗯……」

「沒受傷就好。安子，要是身體不舒服，可以休息沒關係喔。」

「謝謝你，我沒有身體不舒服。」

「可是，妳今天早上看起來就怪怪的了，好像無法集中精神，有種魂不守舍的感覺。」

沒想到我表現得那麼明顯，沒辦法再隱瞞下去了。於是，安子看著地上的碎玻璃，吞吞吐吐地說出深藏的心事。

「其實啊——」

她把今天早上看到的事告訴日向，那個慘不忍睹的生乳酪塔。

「原來發生了這樣的事……」

「那是阿創用心做的蛋糕，對方卻一口都沒吃，想到就覺得好難過……」

「這樣啊，安子妳人真好。」

日向的右手輕放在安子的左肩，安子逐漸感受到他手心的溫暖。她抬起頭，雙眼對上表情如陽光般溫暖的日向。

「怎麼會發生那種事呢……」

「我也很想知道……不過，我們在這裡猜也無法得知事實。雖然這不是能馬上忘記的事，但一直去想對身體也不好喔。要是覺得很難受，隨時都可以跟我說唷。」

日向說得沒錯，我也不可能打電話去問志保「為什麼要丟掉蛋糕？」如果能和日向聊聊，心裡至少會舒坦些，自己默默承受沉重的事果然不是明智之舉。

「日向，這件事啊——」

「妳放心，我不會告訴阿創。」

日向和安子的想法一致，因此這件事成了兩人的秘密。

話雖如此，看到阿創在廚房裡專心做著生乳酪塔的身影，安子就覺得揪心。她聽說這個蛋糕是阿創參考她訂來的《甜食歷史大全》，第一次嘗試調整配方的成功之作。雖然阿創沒說參考了哪些，但這個蛋糕的誕生確實與安子有關，所以安子對它有格外深厚的感情。

「有事嗎？」

察覺到安子視線的阿創，停下手回頭看。看來他今天做得很順手，臉上沒有一絲不悅。

「喔，沒事沒事，今天的生乳酪塔看起來也很好吃呢。」

「那是當然，這可是我做的耶。」

阿創隨即露出得意的表情，接著轉身製作。安子繼續看著阿創的背影。如此認真做蛋糕的阿創，帥氣得令人著迷。假如阿創知道了那件事，會有什麼反應呢？說不定他再也不做這個蛋糕了。

——就像草莓鮮奶油蛋糕那樣。

想到這兒，她更不敢告訴他那件事。

◇

三天後的下午四點左右，事情再度出現進展。

沒想到，志保又上門了。

「歡迎光臨?!」

沒料到她會來的安子，隱藏不住內心的激動，發出尖銳的聲音。

「妳好，上次真是謝謝妳，結婚紀念日的蛋糕非常好吃喔。」

志保笑著說，然後擺動著蓬鬆的頭髮走向內用區。從她的舉動看不出她是會把整個蛋糕丟掉的人。安子心想，難道是我搞錯了？不，巧克力牌上的「Happy Anniversary」是安子失敗了三次，邊被阿創罵邊寫下來的，絕對不會有錯。

「我來招呼她。」

也許是顧慮到安子的心情，日向這麼說。「我來就好。」安子用手制止日向，因為她想打探那件事的原因。

「您決定好要點什麼了嗎？」

「今天也想吃生乳酪塔，請問還有嗎？」

「嗯……還有喔。搭配飲料比較划算，請問您要點飲料嗎？」

「這樣啊，那請給我熱紅茶。」

安子在單子上寫下點餐的內容後，回到吧台。

「她點了生乳酪塔。」

「幹嘛又跑來吃丟掉的蛋糕？」

「真是搞不懂她。」

安子邊和日向輕聲對話，邊從蛋糕櫃裡取出蛋糕。

為何要丟掉蛋糕，而且今天又來吃的理由是什麼？她說那天是結婚紀念日，可能是為了某件事和老公吵架，結果蛋糕就被扔了。所以是為了彌補沒吃到蛋糕的難過才來的嗎？但也有可能是志保丟了蛋糕？安子心中不斷浮現各種猜測。

「那，我去泡紅茶。」

安子目送日向前往廚房。內用提供的蛋糕都放在入口處的蛋糕櫃，飲料是在阿創工作的廚房裡製作。雖然動線不太好，但為了節省經費，這也是不得已的辦法。以後生意變好有賺錢就能進行改裝，在吧台內製作飲料。

紅茶備妥後，安子走向志保的座位。她剛挑了一本書，正準備坐下。安子看了一下書名，那是關於打掃整理訣竅的實用書。

「讓您久等了，這是您點的生乳酪塔和熱紅茶。」

安子把蛋糕盤和茶杯，以及裝滿茶葉和熱水的玻璃茶壺擺在桌上，最後放上沙子正往下流的沙漏。

「哇啊，還是一樣漂亮……」

志保看到蛋糕忍不住發出驚嘆聲。不僅是外表可愛，味道更是掛保證。

「今天也做得很好吃喔。紅茶請等沙漏的沙子流光後再喝，您請慢用。」

安子話中有話，說完後回到吧台。她假裝在工作，卻暗中觀察志保的樣子。她正拿著叉子一口接一口地吃著蛋糕，臉上表情沒有變化，看來她吃得很專心。

不過，吃到剩下差不多三分之一的時候，志保卻停下手。她若有所思地看著剩下的蛋糕，最後還重重地嘆了口氣，連吧台這邊都聽得到。

「她有什麼煩惱嗎？」

吃完蛋糕後，志保邊啜飲紅茶邊看起書。安子藉倒水之際順便確認了書名，那是活躍於電視節目的作者所寫的《全能家事王》。如書名所示，書中介紹打掃、洗衣等的知識技巧，安子也讀過。但她只是看看而已，並未親身實踐過。

讓志保心情低落的原因，應該和這本書的內容有關吧。安子邊做著其他事，邊觀察一頁頁翻閱著書的志保。

過了幾十分鐘。

「啊，糟了！已經這麼晚了。」

聽到志保那麼說，安子看了看時鐘，時間是下午五點半。志保連忙將書放回書架，來到吧台結帳。

「總共是一〇八〇圓。」

安子說完金額後，趁志保從錢包拿出錢的時候，試探性地開口問：

「妳在煩惱怎麼清理頑強的污垢嗎？」

「什麼？」

突然被這麼一問，志保面露驚色。

「我看到您在看做家事的書，那本書介紹清潔劑的部分很有趣呢。」

「啊，被妳看到啦，真不好意思。其實我不太會做家事……」

身為家庭主婦卻做不好家事，說著說著志保低下頭。

「所以您打算克服不拿手的家事啊。有些人就算有不拿手的事也不在乎，我很佩服像您這樣積極學習的人喔。」

安子雖然也看過那本書，卻完全沒想過要克服不拿手的打掃。

「真的嗎？很開心聽到妳這麼說。」

志保拿出剛剛好的現金放在吧台上，儘管她嘴上說很開心，臉上卻帶著憂鬱離開了。

◇

「妳婆婆，真的太離譜了啦！」

「對吧！安子也那麼想對吧！而且，她每天都那樣耶，每天。老是碎碎唸，雞蛋裡挑骨頭。偏偏我老公又站在她那邊，他的口頭禪是『我媽就是那樣說』。」

「天啊……妳老公是怎樣，聽了真不爽。」

兩名女子正在居酒屋裡聊天……並不是，這裡是幸福堂。內用區裡坐在安子斜前方和她聊天的人，正是丟棄生乳酪塔的嫌犯，志保。

最近，志保每隔幾天就會上門光顧。不知不覺間，她和安子變得熟稔，開始會有像是酒伴之間發牢騷的對話。雖然店員坐在內用區感覺有些突兀，但因為現在客人不多，所以日向也默許安子那麼做。

志保聽了安子的話，附和地說「就是說啊」，接著像在灌啤酒似地大口喝下紅茶。搭配紅茶的是古典巧克力蛋糕。

「本來想在我老公生日的時候買高級的肉給他吃，所以我很努力存錢，現在想想實在有夠蠢的。」

看來志保把那筆錢像這樣用來彌補自己了。

「他在婚前明明是很可靠的人，果然不該和婆婆一起住……」

志保嘟囔完後，把剩下的一小塊巧克力蛋糕塞入嘴裡，接著說：

「不過啊，我想我也有不對的地方。到現在還記不住我老公喜歡吃的東西，還有打掃的方法。」

「哪會？要是他不喜歡妳做的菜就叫他不要吃，打掃也不用太認真，有掃就好啦。」

聽到安子「差不多就好」的發言，志保用力地搖搖頭。

「那怎麼行！三岩家的規矩很多。」

「比如說？」

「飯菜不能用熟食或冷凍食品替代，全部都要親手做。然後，晚餐一定要煮味噌湯。上次我好不容易煮了法式清湯，結果整鍋被我婆婆倒掉。我是因為老公想喝才煮的，她卻說『那孩子只喝味噌湯』。她憑什麼那麼篤定？而且，洗好的衣服依照種類也有固定的摺法，洗好的餐具要放在固定的地方。昨天我又挨罵了，我婆婆說『杯子不是放在綠色的瀝水籃，是藍色的吧』。」

「天啊……」

俗話說嫁雞隨雞、嫁狗隨狗，但這樣的家規未免太繁瑣，隨便倒掉做好的菜更是荒謬。難道這是假藉家規之名，行虐待媳婦之實？

——說不定，那個蛋糕也是因為她婆婆被丟掉的。

安子心中產生了這種感覺。

「不過啊，通常過了一年都會學起來吧，但我就是記不住……我，是不是很笨手笨腳啊……」

「才沒那回事呢！對吧，日向。」

「什麼，我？」

突然被問到的日向，看著安子整個人愣住，他似乎不知道該如何回答。

「以男性的角度來看，你覺得怎麼樣？志保的老公。」

「嗯～……我還沒結婚所以不清楚，不過既然是彼此相愛才結婚，身為老公我會站在太太那一邊吧。」

「就是說啊。」

安子與志保異口同聲地說。

當天關店後，三人圍坐在桌前對著剩下的蛋糕，安子把今天的事告訴阿創。

「阿創，你聽我說，今天志保又來囉。」

「她這樣沒關係嗎？我這麼說好像有點怪，但這裡不是可以那麼常來的店吧。」

「是嗎？」

阿創做的蛋糕都是用好的食材，而且相當費時費工，所以比起附近的同業，價位算是偏高。不過，蛋糕的品項每天都會改變，愛吃甜點的人應該每天都會來，安子是這麼想的。

「哎呀，這個不重要啦。志保家的狀況好像有點複雜——」

安子說出關於志保的新情報，主要是她和婆婆的關係。當然，蛋糕被丟掉的事她隻字未提。

「所以她是為了轉換心情，用私房錢來這裡的。到外面才能喘口氣，想想她也真可憐。」

「可是，她是家庭主婦對吧？這樣的話——」

安子邊聽阿創說話，邊伸手去拿留給自己吃的生乳酪塔。加了鹽的微鹹塔皮搭配清甜爽口的生乳酪，果然很美味。

「嗯～久違的生乳酪塔，真～好～吃！」

安子一臉陶醉，用手貼著臉頰。雖然已經是九月，天氣依然炎熱，清爽口味的蛋糕賣得很好，所以安子已經很久沒吃到生乳酪塔了。

「——喂……妳有在聽我說話嗎？」

「啊，抱歉。阿創做的蛋糕太好吃了，我沒聽到你說什麼。」

阿創頭痛似地用手扶住額頭，忍不住搖搖頭。

「……總之，那一家就是媽寶男和懶散女，還有超黏兒子的媽媽，所有人都很差勁。」

阿創的言詞還真犀利。

「幹嘛把志保也說得那麼難聽。」

日向代阿創出聲回應。

「我明白安子的感受，可是，光聽片面之詞有時候會誇大曲解事實。更何況阿創沒見過志保本人，難免會那麼想不是嗎？對吧，阿創。」

「嗯，對啊。」

日向說得也是。儘管志保說了那麼多，目前也無法確認那些是不是事實。但安子覺得志保那麼心地單純，不像是會說謊的人。

「啊，不過……」

志保早就對安子說了謊。那就是，明明丟掉了卻說很好吃的那個蛋糕。要是沒在垃圾場看到，她一定會相信志保的話。可是，志保大概也不敢說「蛋糕丟了」，很可能是顧慮安子才不得已說了謊。

「怎麼啦？」

「喔，沒事沒事。」

「好吧，就當那女人沒偷懶，目前唯一的解決辦法就是他們夫妻搬離現在的家。說到底，父母總是想控制孩子，如果要擺脫父母的束縛，就只能逃走了。」

「父母會那樣嗎……」

「沒錯。」

安子不認為被父母控制過。當然，以前他們會嘮叨幾句像是「要好好念書」，但那是正常的管教，接手幸福堂則是安子自己的想法。阿創為何說得那麼斬釘截鐵？安子的心亂糟糟的，這天的反省會就這麼結束了。

◇

隔天早上，安子照常去散步。

九月也進入下旬，毒辣的陽光威力減弱，早晚開始感受到涼意。舒適的涼風吹撫安子因健走而發燙的臉頰。

安子有固定的散步路線。步出家門後，背對車站，前往大公園，途中會經過小河床。剛開始散步的時候試過幾條路，但最後覺得這個路線走起來最舒服，此後便固定走這條路。

走了約莫一小時，來到離家還有十分鐘左右的地方，她在一處紅綠燈前停了下來。

「對了，這條路往下走就是……」

安子看向不同以往的路線。回家的話，走左邊這條路比較快，可是她想避開前面這條路，因為那個垃圾場就在這條路上。安子心想，經過那裡又會想起那件難過的事。

不過，現在不一樣了。昨晚和阿創聊過後，她很在意志保的家庭環境。儘管阿創說志保是懶散女，安子卻不那麼想。說不定能找到為志保平反的證據，於是她走向不同以往的路。

「走吧！」

安子重新戴好帽子、壓低帽簷，往左彎。透天厝林立的住宅區角落的垃圾場，大概走兩分鐘就到了。今天沒有收垃圾，垃圾場裡什麼都沒有。安子環顧四周，附近的某一戶就是志保家。

她很快就找到了。垃圾場旁的第二戶，門牌上寫著「三岩」。為了不被當成可疑分子，安子放慢腳步邊走邊觀察。青瓦屋頂，散發昭和風情的橫拉門。屋齡是三十年，不，應該有四十年。

這個家到底發生了什麼事，竟讓蛋糕變成那副慘樣。正當她那麼想的時候，眼前的推門被推開，發出喀唧喀唧的聲音。

「!!」

安子急忙離開，躲到附近的十字路口轉角。她屏住呼吸，一位手提大包、年過五十的女性與身穿西裝的年輕男性映入眼簾。兩人看起來就像路上常見的大嬸和上班族，他們應該就是志保口中的「婆婆」和老公。

兩人肩並肩開心地聊天，走往車站的方向。彼此的距離近到偶爾會碰到肩膀，要是不看年紀，兩人簡直就像情侶一樣。安子亦步亦趨地跟著他們。

可惜的是，保持適度距離就聽不到他們在聊什麼。不過，可以肯定的是他們的感情真的很好。最後他們經過幸福堂，走入車站。

◇

「志保，我跟妳說，這本小說也很棒喔。」

「是喔，內容是在講什麼？」

那天過後，志保依然兩、三天來一次幸福堂。安子發現她喜歡看小說，彼此的距離又縮短了。

「——雖然是這樣的故事，其實那個殺人犯是……啊，這邊先說就沒意思了。」

「噢，妳不要賣關子啦……」

「是說，這本書只剩這一本，下次妳來的時候可能已經被買走，怎麼辦？」

已經過了下午五點，是志保差不多該離開的時間。雖然她可以下次再來邊吃蛋糕邊看，但只剩一本很有可能會賣掉。

「怎麼辦呢……」

志保拿著小說，苦惱地發出唔～的聲音。平常已經花了不少錢買蛋糕，手頭應該不寬裕吧？見志保如此煩惱，安子感到很抱歉，於是她提出別的提議。

「不然在妳下次來之前——」

「原來妳在這裡啊！」

「我先幫妳保留吧」，這幾個字硬生生被男人洪亮的聲音蓋過。順著聲音的來源看去，好像在哪裡看過那張臉。

「高志，你怎麼會來這裡……」

安子身旁的志保輕聲嘀咕，接著低下頭。

名為高志的男人快步走向她們，一張臉紅通通，彷彿腦中熱血沸騰，簡直要冒煙了。看來他非常生氣。接下來不知道會發生什麼事，安子的心跳不由自主地加速。

高志完全忽視安子的存在，他怒視志保，再次出聲。

「我一直在找妳耶！家事都做不好的傢伙，還好意思在這裡優雅地喝茶！」

志保戰戰兢兢地抬起頭，小聲回道：

「該做的我都有好好做喔，今天的晚餐我也已經備好料了。」

「那妳怎麼沒準備午餐，我不是說了今天上半天班。」

志保一臉驚訝，看樣子她不記得有這件事。就在此時，日向走了過來。

「不好意思，請不要在店內大聲──」

「這是我們的家務事，和你們沒關係。」

誰說沒關係！我已經聽說了很多關於你和你媽的事，我可是有一堆事想問你。不過，現在的氣氛似乎不適合發問。

「志保，快跟我回去。」

高志抓住志保的手，硬把她從椅子上拉起來。

「等、等一下，你冷靜點，有話好好說……」

聽到安子那麼說，高志瞪了她一眼，拉著志保的手往外走。志保離開時，眼神空虛地看著安子，彷彿在訴說什麼。然而，這種情況下安子什麼忙都幫不上。

「他們走掉了……」

隔著玻璃，兩人的身影很快就消失在眼前。

「發生什麼事了？」

是阿創。他大概是聽到吵鬧聲，趕緊停下手邊的工作離開廚房。

「是這樣啦，那位常來的客人，她老公跑來了。」

「來幹嘛？」

「因為『沒有準備午餐』。」

現在說出口更覺得真是無聊透頂的小事。

「我就說吧，她果然是懶散女。」

「拜託，才一頓飯而已，他可以吃泡麵或是買超商的便當吃啊。」

「他還跑來這裡帶她回去，那對夫妻之間想必有什麼約定吧，所以他才會因為對方沒遵守約定而生氣不是嗎？」

「……」

親眼目睹一切的安子無法反駁阿創的話。的確，志保今天忘了她老公高志的行程，高志也是為了這件事相當火大。

「妳最好別再插手那對夫妻的事。那男人感覺很易怒，如果惹毛他，說不定連妳也會遭殃，到時候我不見得能保護妳喔。」

「……嗯，我知道了。」

◇

那天過後，再也沒見過志保，安子早上散步時也刻意不經過她家。高志已經見過她，要是不小心在路上碰到就尷尬了。

那天志保被帶回去後，不知道有沒有怎樣。就像阿創說的，高志似乎很易怒，希望他沒對志保動粗……安子很掛心志保，好幾次都想打預訂單上留的電話。可是，一想到阿創那句「妳最好別再插手那對夫妻的事」，伸向電話的手又收了回來。

兩週後，情況有了改變。那是十月上旬某天關店的時候。

「歡迎……光臨?!」

沒想到上門的人竟是高志。他對櫃檯的日向視若無睹，直直走向正在擦桌子的安子。這次不像上次那樣怒氣沖沖，反倒是很著急的模樣。

「我老婆好像……沒來對吧？」

「對，那天之後就沒再見過她了。」

「這樣啊……」

「你對她做了什麼嗎？」

被安子那麼一問，高志原本蒼白的臉瞬間脹紅。

「我哪有做什麼……都怪妳……都怪妳跟志保說了些有的沒的！」

看到高志那麼激動，安子不禁轉移視線，心想接下來他不知道會有什麼舉動。

光是想想，她就害怕得全身僵硬。

但過了幾秒，高志並沒有任何動作。安子戰戰兢兢地看向高志，只見他看往店的內部。安子轉過身，走出廚房的阿創正朝這裡大步走來，他擋在安子和高志之間，以威嚇的眼光瞪著高志。

「不是客人就請回吧。」

「我有事找這女人，你不要管！」

「不要讓我講好幾次，不是客人就請回吧。」

高志被阿創靜靜散發的強大氣勢嚇得步步後退，撞到椅子發出聲音後，轉身快步走向門口。此時，日向叫住了他。

「請等一下！」

「幹嘛？」

「之前你太太的蛋糕錢還沒付。」

高志嘖了一聲，從錢包裡抽出一張千圓鈔塞給日向，逃也似地離開了。店門砰地關上後，安子這才放鬆下來。

「阿創，謝謝你。」

「這點小事沒什麼。」

阿創說得好像什麼事都沒發生過，接著回到廚房。

「日向，也謝謝你把錢收回來。」

「這可是我們的吃飯錢啊。不過，沒算到消費稅就是了。」

「啊哈哈，那就算了吧。」

雖然眼前的不速之客已經離開，安子還是悶悶不樂，因為高志那句「都怪妳跟志保說了些有的沒的！」在她腦中久久揮之不去。

儘管她根本沒那個意思，但說不定因為自己破壞了別人的家庭。想到這裡，她就靜不下心。

「日向，我問你喔。」

「怎麼啦？」

「我是不是破壞了志保的家庭？」

「妳為什麼那麼想？」

「因為……我說過她老公是沒用的媽寶，志保做的事我也是全力支持……」

「結果是怎樣還不知道，志保和安子在一起的時候總是很開心的樣子喔。她的家庭環境本來就很複雜，今天就算不是安子，也有可能會發生這種事，妳別想太多。」

日向體貼地安慰安子，但她始終惦記著志保。

◇

又過了兩天，高志再次上門。這天是週日的上午。日向立刻進入警戒狀態。

「安子，我把他趕走喔。」

「……不，等等，他看起來怪怪的。」

高志頂著一頭亂髮和黑眼圈，整個人看起來很憔悴。安子忍不住開口問：

「發生什麼事了嗎？」

「哈哈……」高志無力地笑了笑，接著說：

「說來真丟臉……我太太回娘家了……我去找她想帶她回來卻吃了閉門羹。我不知道該怎麼辦才好……我想，既然妳和我太太很要好，也許知道我該怎麼做，所以就厚著臉皮來了。」

說完，高志向安子低下頭，他的語氣與態度和之前截然不同。

「這樣啊。那麼，我們好好地聊一聊吧。」

安子低聲回道，帶高志前往內用區。就座後，日向端著冰水過來。幸福堂的水有放少量的檸檬，或許是口很渴，高志一口氣喝光冰水。

「請問，志保是什麼時候離開的？」

「我上次來這裡的那天……」

安子想起那天高志神色焦急地進到店裡，他以為志保偷懶跑來幸福堂，原來那時候她已經回娘家了。

「你知道為什麼會變成這樣嗎？」

高志雙手環胸陷入思考。

「……大概是因為，她在這裡吃蛋糕，我卻硬把她帶回家吧。」

「那的確是，你有點超過了。」

原本不必大吼大叫，就能心平氣和地談事情了。

「可是那天的事，我也有話要說。那天我上半天班，心想難得有時間和她獨處，誰知道回到家卻找不到她，害我擔心得要命……」

那天也有提到這件事。假如他有先跟志保說會早點回家，這就是志保的不對。

「那，你們回到家之後呢？」

「我當然有好好唸她一頓囉，誰教她害我那麼擔心。」

起初是因為擔心而出門找志保，結果找到傍晚，擔心轉為憤怒。

「所以她就離家出走了。」

「我覺得是這樣，因為從那天起她就不跟我說話了。」

話雖如此，高志其實很期待和志保獨處，志保也想藉由結婚紀念日修復兩人的關係。這麼看來，他們之間還有挽救的機會。不過，要改善關係似乎有所阻礙，因為這次的事不只是志保和高志兩人的問題。

「那麼，你母親對於志保離家出走的事有說什麼嗎？」

「呃，為什麼提到我媽？……這，她當然知道啊，我媽叫我快點帶她回來。現在都是我媽代替志保做家事，她還要工作所以很累。」

說到關於母親的事，高志似乎有很多話想說，滔滔不絕地說個不停。

「志保就是沒辦法像我媽那樣會做家事，所以我媽也很困擾。都已經這樣了，她還偷懶跑來看小說，甚至花錢吃蛋糕，實在有夠奢侈。既然那麼閒，應該多少做點家事吧，妳不覺得嗎？她是家庭主婦耶。」

聽了高志的話，幾乎可以確定志保的抱怨句句屬實。

「唉……」

安子大嘆一口氣。這男人完全不知道自己做錯了什麼，看來要好好給他一個教訓。

「我說了什麼奇怪的話嗎？」

「你說了非常多。從剛剛開始，你開口閉口都是『我媽』，難怪志保會離家出走。」

每天一再忍耐，日積月累的小小不滿終於爆發了。那天的事也許是導火線，不過志保早就作好心理準備。

「你為什麼要結婚？」

「這……因為我喜歡志保，想和她共組家庭。」

「但你婚後的所作所為並不是要和志保共組家庭，只是想把她變成你媽而已不是嗎？」

「可是我媽說的都是常識喔！是那傢伙家教太差不懂那些常識。」

掩飾不住心中煩躁的高志開始抖起右腳。

「對，就是那個，你主張的『常識』，那是很含糊的說法吧？好比我家一星期只打掃一次，那是我家的常識。啊，店裡當然是每天都有打掃啦。總之，所謂的常識是因人而異，請不要用你認為的常識去評價別人。而且，老是被婆婆找碴，心愛的老公卻不站在自己這邊，反倒為婆婆幫腔。也就是說，志保認為家裡沒有人站在她那邊，你覺得她會想待在那樣的地方嗎？你是因為喜歡她才和她結婚的對吧，那你為什麼不支持她？為什麼不保護她？」

安子語氣強硬，說得又快又急。

「那是因為那傢伙什麼都做不好！」

高志用右手重拍桌面，發出「砰！」的聲音。

「還有，像你這樣也不對。動不動就發火，讓志保覺得沒辦法和你溝通。你在家裡是不是也經常這樣？」

「少囉嗦！」

高志雙手撐住桌面探出身子，用脹紅的臉逼近安子。糟糕！我說得太過頭了。

怎麼辦？正當安子感到焦慮時，日向端著托盤走了過來。

「請喝點水吧。」

「啊，好……」

多虧日向及時解圍，高志恢復了冷靜。安子朝廚房的方向看去，看到了阿創，他大概也很擔心吧。她對阿創點點頭，示意「我沒事」，再次將視線移回高志身上。

「即使心裡委屈，志保還是努力想當個好太太。你知道她來這裡是看哪些書嗎？她都是看打掃和做菜的書喔。雖然我不清楚志保家事做得怎麼樣，但從她說話的樣子，不像完全不會的人。」

「這個嘛……」

「不要只聽你母親說的，你有聽過志保說的話嗎？」

安子把從志保那裡聽來的幾件事告訴高志。當然，她也說了志保為高志做的法式清湯被倒掉，被迫重煮味噌湯的事。

「不會吧，怎麼會有那種事……」

聽了安子的話，高志似乎相當震驚。他閉口不語低下頭。

「我只聽過志保說的，坦白說我也不知道哪些是事實。但我至少看得出來，志保很難過。她為什麼會變成那樣，如果是你應該可以知道真相吧。別再只聽你母親說的，請好好和志保談一談。」

「可是……」

「可是什麼？」

「就算我想和她談，她也不接電話，去了她娘家，她也不肯見我。」

「唉……真沒用……」

安子嘆了口氣，起身離席，拿了裝著兩個生乳酪塔的紙盒交給高志。

「帶這個去道歉吧。」

「這是……」

「生乳酪塔。志保總是吃得很開心喔。」

「生乳酪，也是我喜歡的蛋糕……不過，我媽討厭乳酪，之前還為了這個鬧得不愉快……」

沒想到高志會說出生乳酪塔被丟掉的事。這可是知道真相的大好機會，於是安子接著問：

「後來那個蛋糕呢？」

到底發生了什麼事。

安子吞了吞口水，等待高志的回答。

「──我媽說不想看到這種東西，把它和廚餘一起丟掉了。」

終於真相大白。安子心裡早有了底，所以並不感到驚訝。不過，像這樣從當事人口中得知，難過、心涼、憤怒等各種情緒一湧而上。安子拚命壓抑住複雜的情緒，內心十分糾結，眼淚就快奪眶而出。

她無法再和高志談下去，於是強裝鎮定地說：「好啦，你趕快去。」將裝有蛋糕的紙盒塞給高志。

「這個……多少錢？」

「不用了，你快點去！」

高志在安子的催促下走出店外。店門關上後，高志的身影消失在眼前──

「都是這個沒用的男人害的！好好的蛋糕就那樣被糟蹋了!!」

安子發起火來，剛剛勉強壓抑住的情緒瞬間潰堤。

「好了好了，安子妳冷靜點。」

「我怎麼冷靜得了！要不是那個媽寶男毫無主見，阿創做的生乳酪塔也不會受到那種對待——唔？」

憤怒大吼的安子，嘴裡突然被塞進什麼。有股淡淡的甜味，她嚼了嚼，口感輕盈酥脆，花田般的香味在口中擴散。稍過片刻，甜而不膩的奶油溫柔包覆舌尖。也許是發揮了鎮定效果，安子的心頓時恢復平靜。

「這是試作的馬卡龍，怎麼樣？」

不知何時站在身旁的阿創，邊看著安子的臉邊這麼問。

「……這是什麼？這種馬卡龍，我從來沒吃過耶！」

「對吧？我失敗了很多次，終於做出來囉。」

在超近距離下看到阿創露出燦笑。安子從未見過他有如此燦爛的笑容，感覺臉頰微微發燙。可惜的是，那個笑容很快就變回嚴肅的表情。

「是說，我做的生乳酪塔怎麼了嗎？」

安子不由得心一驚。糟了！剛剛氣昏頭大吼大叫，結果說溜嘴被阿創聽到了。

她急忙遮住嘴，動作僵硬宛如生鏽的鐵皮玩具，轉頭去看日向。要直接坦白嗎？還是想辦法矇混過去？她對日向使眼色，得到「妳說吧」這樣的回答，於是安子鼓起勇氣開口。

「其實啊——」

安子盡可能委婉描述志保和高志之間發生的事。不過，如她所想，阿創聽了之後，臉就像煮熟的章魚一樣紅通通。

「那個混帳!!」

阿創的氣勢令安子不自覺倒退幾步。果然還是要想辦法矇混過去，不該告訴他實話。正當她感到懊悔時，日向從阿創手中拿起一個馬卡龍塞進他嘴裡。阿創頓時面露驚色，然後默默地嚼起來。

「……嗯，真好吃。」

轉眼間他已經恢復冷靜。

◇

幾天後。

「我們搬出那個家，開始兩個人住了。」

志保和高志一起現身報告這件事。她靦腆地挽著丈夫的手，就像新婚不久的夫妻。安子得知後，開心得笑容滿面。

「太好了！我一直很擔心會不會害你們分開。」

「才沒有那種事！對吧？高志。」

「嗯，感謝妳都來不及了，怎麼可能怪妳。」

「太好了，那天你們有好好談過了吧？」

那天是指，安子叫高志帶蛋糕去向志保道歉的那一天。

「其實那天我本來也想趕高志回去，但因為他說帶了幸福堂的生乳酪塔來，我才沒那麼做。快三個禮拜沒吃到了……最後還是敵不過食慾啊。」

說完，志保露出溫柔的笑，這個表情果然最適合她。

「後來我們談過之後，決定要搬出我老家，兩個人一起生活。」

「你母親同意了嗎？」

兩人相視，面露苦笑。

「我媽健康到可以上整天班，讓她自己生活一段日子應該沒問題啦。」

「雖然生活開銷會變得有點吃緊，但我打算去找份兼職工作貼補家用。」

高志終於擺脫了母親的控制，志保也作好心理準備跟著他生活。

「這樣啊，你們已經考慮了這麼多，我就放心了。」

「今天是來向妳報告還有道謝，順便吃生乳酪塔。」

「是喔，歡迎兩位光臨！」

安子帶著兩人前往內用區。

之後他們一起甜蜜地享用阿創做的生乳酪塔。

第三章　淚水的苦甜巧克力蛋糕

「老公，你知道嗎？附近那家幸福堂書店變成蛋糕店了。」

在距離法式甜點幸福堂書店不遠處的大廈，其中一戶傳出這樣的聲音，說話的人是四谷仁美。

不過，沒有人回應她的話。

「喂，你有在聽我說話吧。」

「……嗯？啊，我知道。是說，那家書店還有在開啦。」

仁美的老公阿優語氣不耐地回答。現在是晚上七點半，夫妻倆剛吃完晚餐。四谷家有兩個讀國中的女兒，她們還在補習班，因此一家人經常在不同的時間吃飯。

「雖然這樣說很失禮，但書店感覺是沒什麼改變。不過啊，那裡的蛋糕看起來很好吃喔。」

「是喔……」

阿優滑著手上的平板電腦，敷衍地答腔。

「所以啊，你看你看——」

仁美打開冰箱，取出白色紙盒。阿優抖動著鮪魚肚站起身，一副好奇的模樣。

「妳買了那種甜滋滋的東西回來喔？真浪費錢。」

阿優的反應令仁美的期待落了空。

「蛤?!浪費錢是什麼意思？」

「對了對了，昨天我訂的東西應該快送來了，如果宅配來了幫我收一下。」

阿優趁機轉移話題。仁美拿著裝了蛋糕的紙盒，不高興地瞇起眼。

「你又買了什麼？」

「嗯。」

阿優點點頭沒再多說，像是要逃離仁美似地走出客廳。門關上後，「唉～」仁美輕聲嘆了口氣。

「真是的，怎麼會有這種人！每次都這樣……」

嘟囔完後，她把來不及給阿優看的紙盒擺在桌上，瞧了瞧裡面。盒子裡裝了四個蛋糕，一個古典巧克力蛋糕、兩個色彩繽紛的水果塔，還有一個生乳酪蛋糕。水果塔是女兒們愛吃的蛋糕，生乳酪蛋糕是為了阿優買的。愛巧克力的仁美，當然就是古典巧克力蛋糕。

這些都是在幸福堂買的。這半年來因為家計赤字，她一直省吃儉用不敢亂花錢。不過，最近仁美開始做兼職工作，家計有所改善，所以她想，稍微奢侈一下應該沒關係吧。

「看起來好好吃。在孩子們回來之前，我要忍住。」

看著蛋糕心情恢復平靜的仁美，將蛋糕放回冰箱，繼續收拾整理。

仁美從小就很討厭東西放得亂七八糟，任何地方只要表面放了多餘的東西，她非得收拾乾淨。這或許是受到母親的影響。所以整理完後，廚房裡、餐桌上都看不到任何東西。

不光是廚房周圍，整間屋子都是如此。家中只放必要的家具，畢竟東西多，花費就會增加。話雖如此，像主張斷捨離的書那種「只放一張矮圓桌」的生活，她還是辦不到，那實在太過頭了。沒有適合的家具而勉強將就，結果搞壞身體是本末倒置的行為。仁美很滿意現況，覺得現在這樣最有效率而且省錢，她認為這是一種美學。

似乎是指定在晚上配送的宅配，沒多久就送來了。收到的包裹小小一箱，卻頗重的。這次又是什麼啊？宅配單的品名欄寫著像是型號的一行字。仁美邊嘆氣邊在單子上簽名，關上門後，她敲了敲阿優的房門。

「宅配送來囉。」

沒聽到阿優的回應，她又敲了一次門，接著打開門。阿優的房間約三坪大，位於大廈的北側，家裡只有三間房間，他一個人就獨占了一間。

仁美很怕進這個房間，因為裡面的擺設違反她的美學。

牆邊放了好幾個和人差不多高的收藏盒，裡面擺滿了飛機、汽車之類的模型。

放不進收藏盒的收藏品，以及未開封的箱子雜亂地堆在地板上。要是發生地震，那些東西恐怕會崩落一地。

雖然仁美總是告訴阿優，這樣很危險要收一收，但他絲毫沒打算收拾。不收就算了，東西還變得越來越多。這裡和乾淨的客廳簡直是天壤之別，所以對仁美來說，這個空間好比一個污染地區。她光是進來就覺得不舒服，彷彿環繞著穢氣。

阿優窩在房內，戴上耳機盯著電腦。電腦螢幕背對仁美，她不知道他在幹嘛，但他戴著耳機，想必是在打電玩吧。

因為房門打開了，阿優朝仁美瞥了一眼，馬上又看回螢幕。仁美無奈地伸出一隻手，把紙箱放在門旁的架子角落。阿優見狀立刻拿下耳機，視線看向紙箱。

「喔喔，來了來了！我一直很想要這個鏡頭呢。」

「蛤……你又買鏡頭了？上次不是才買過？」

阿優買的是，他現在非常迷的單眼相機的交換鏡頭。他立刻打開紙箱，取出一個金色小盒子，一臉滿足地看著。地板上還有兩個大小不同、顏色相同的盒子。

「上個月買的是望遠鏡頭，拍電車或飛機用的；這是微距鏡頭，可以把收藏品拍得很漂亮，所以是完全不同的鏡頭。原本的標準鏡頭能拍的照片有限，為了配合目的，必須要有這樣的鏡頭。」

阿優激動地回道。

但對仁美來說，即使外觀有些不同，鏡頭就是鏡頭，在她眼裡看起來都一樣。

「那個，很貴吧？」

「大概八萬左右。」

「八萬?!」

仁美不禁瞪大了眼。

「欸，我這樣算是花很少錢囉。有了望遠鏡頭和微距鏡頭，我就不需要其他鏡頭了。我認識的人根本掉入鏡頭坑，光是鏡頭就買了二十顆左右。他還有一顆要價百萬，長得像巴祖卡火箭筒的鏡頭，買鏡頭就花了幾百萬呢。而且他還有好幾個機身。啊，所以他不只掉入鏡頭坑，還有機身坑。跟他比起來，我根本不算什麼。」

儘管阿優試圖解釋自己沒花很多錢，仁美還是聽得一頭霧水。她只知道機身就是相機本體，用來安裝鏡頭。現在這個時代，拍照用手機就夠了，何必花大錢買那種東西。

「你知道你換工作後，薪水變少了嗎？」

「我知道啊。反正妳有在兼職，這樣不就打平了。比起那些事，妳知道迷上單眼相機還有一個難以脫身的坑嗎？」

「我不知道啦！」

我也不想知道。因為懶得想，仁美隨即搭腔。

「那就是，洗照片啦。等等，我還沒講完欸！」

仁美拋下講得口沫橫飛的阿優，用力「砰」的一聲甩門離去。

◇

奶油色搭配巧克力色，以及美麗木紋的原木窗框。法式甜點幸福堂書店彷彿融入秋季景色的外觀，被冷冷的綿綿秋雨淋濕了。

店內充滿萬聖節的氣息，隨處可見咖啡色、紫色和黑色的裝飾。天花板吊著魔女和蝙蝠，吧台放了一個咧開大嘴的南瓜。

在這種微涼季節的某個午後。

「喂，你們兩個在幹嘛？」

幸福堂的老闆安子驚訝地看著廚房內的景象。日向竟然站在擺著鍋子的爐子前，阿創則是興致勃勃地看著他。

「啊，安子，我們在做午飯。」

平常安子都是回二樓的住家吃午餐。而且為了看店，她和日向輪流午休，所以這是她第一次看到這幅景象。

鍋子正冒出飄著麵粉香的白色熱煙，鍋裡有像是烏龍麵的麵條翻滾著，看來的確是在做午餐。日向邊用長筷攪麵邊接著說：

「平常不會煮這個啦，今天想做點費工的東西。反正在下雨，店裡也沒人。」

今天早上就開始下雨，因此沒什麼客人上門。假如有客人來就會聽到門鈴聲，因此就算店裡暫時沒人也不成問題。

不過，安子好奇的不是午餐，而是日向身旁的和菓子。鋁製托盤上擺著六個猶如剛做好的白色大福的東西，她目不轉睛地盯著看。

「這是，大福？」

「嗯。剛好有很多做蒙布朗的栗子，所以我就試作了栗子大福。」

安子心中認定那是阿創做的，聽了之後吃驚地張大了嘴。

「欸，等等，這是日向做的嗎？」

「對啊。」

日向淡定回道。沒想到日向會做和菓子，安子大感驚喜。披上薄薄一層粉，雪白柔軟的栗子大福，每個皆呈現完美的圓形，大小也都一致。光看外表簡直和外面的和菓子店賣的一樣。

不僅是蛋糕控，舉凡甜食都愛的安子，忍不住吞了吞口水，發出咕嚕的聲音。似乎早已料想到她會有這種反應，日向笑咪咪地遞出擺著大福的托盤。

「安子也要吃嗎？」

「我要！」

果然不出所料。即使剛吃完午餐，但甜點是裝在另一個胃裡的。安子立刻伸出手要拿大福。然而，現實往往很殘酷，此時通知客人上門的門鈴聲響了起來。

「齁，偏偏挑這個時候……」

安子帶著依依不捨的心情到店裡招呼客人，那位客人正在看放在門口附近的特設專區。幸好客人找到了想要的書，安子馬上就結完帳。送走客人後，她急忙回到廚房。

「好快喔。」

正撈起烏龍麵甩掉熱水的日向這麼說。

「嗯，客人已經想好要買什麼，是我推薦的那本小說喔。」

「啊，那本賣出去啦！」

日向開心地瞇起眼。「那本」是指之前日向為了勘查，初次來到安子的店，因為彼此都很喜歡，所以聊得很起勁的小說。雖然原本就是熱銷書，但因為安子花心思設置專區，讓客人知道那本書的精采之處，於是又賣得更好了。和日向一起布置店內，像這樣提高營業額，對安子來說是莫大的收穫。

「對對對，那本賣出去囉……啊，先不管那個，我要吃大福！」

安子用手指輕輕抓起大福，柔軟的觸感有如嬰兒肌膚。抓起後變形的樣子，好似可愛的白兔。看起來真的好好吃喔。

「那，我要開動了。」

安子細細品嘗栗子大福。栗子風味突出的內餡，配上剛做好的軟嫩微甜外皮，一股難以言喻的幸福感包圍全身。散發淡香的栗子的獨特苦味，在甜味之中成為亮點。除了滑細的內餡，還刻意加入切成細丁的栗子增加口感變化。地瓜、栗子、南瓜是安子最愛的三大鬆軟系甜食。吃到當中位居榜首的栗子，她滿足到快要融化了。

「嗯～好～好吃～！」

老實說，好吃得超乎預期。碩大飽滿的大福不一會兒就進了安子的胃。她從沒吃過如此美味的栗子大福，這根本不像趁工作空檔「試著做做看」的水準。

「日向……你到底是誰？」

不但輕而易舉拿出一大筆整修費用，對和菓子也頗有造詣，他肯定不是泛泛之輩。

「啊哈哈，我只是喜歡和菓子而已啦。」

完成烏龍麵的日向轉過身，深褐色的頭髮跟著輕輕擺動。

「不不，這大福……只是喜歡和菓子的人做不出這種水準喔。」

儘管安子持續追問，日向始終微笑著說：「我只是喜歡和菓子而已啦。」兩人一來一往的過程中，烏龍麵也做好了，日向把麵端到每晚開反省會的桌上。那是撒上蔥花、魚板，放了一顆蛋的簡單烏龍麵。

「嗯～最近市售的高湯很好吃耶～」

「只要是哥做的東西，什麼都會變好吃喔。」

兩人唏哩呼嚕地吸著麵，邊吃邊聊。看樣子，煮烏龍麵並沒有花太多時間。安子原以為日向做了那麼好吃的大福，煮烏龍麵說不定會從削柴魚片開始下手，頓時覺得鬆了口氣。

「啊，我這碗放太多魚板了。阿創，一片給你吧。」

「喔。」

話說回來，他們感情還真好。雖然上班是各自出門，下班總是一起回家，午餐也一起吃，而且還住在一起。

此時此刻，在安子眼前的兩人，看起來比和她在一起的時候還開心。不知道他們的交情有多深，但可以肯定的是，他們的關係比起只認識四個月的安子還要親密。

不過，身為共同經營一家店的夥伴，安子深刻體認到必須再和他們拉近距離，因為他們彼此之間的價值觀仍有頗大的差異。

幸福堂重新開幕已經過了快兩個月，當初生意很慘澹，隨著日子一天天過去，甜點店的營業額逐漸成長。一定是阿創做的蛋糕獲得好評。原先空空的蛋糕櫃，如今擺滿蛋糕，架上也陳列了許多烘焙點心。

甜點店現在的營業額好像超過搬來這裡前的兩倍。不過，創作慾旺盛的阿創為了開發新品，花費的資金也比以前多。扣除材料費和沒賣完丟掉的廢品，他們到底還剩多少錢？雖然日向總是說「別在意」，但怎麼可能不在意。因為日向投資的整修費用，幾乎都還沒有回收。

得想想辦法提升營業額。安子曾經提過各出一半的費用做傳單，但這個提議被阿創否決了。職人性格的阿創認為如果有錢，比起做傳單，應該用來買原料或研究用的書籍，因為「只要東西好吃，客人就會來」。聽他那麼說，安子也無話可說，畢竟甜點店的客人確實有增加。

於是，安子考慮自己出錢做傳單。不過，花了一大筆錢卻沒有效果怎麼辦？越想越覺得害怕，因而打消了念頭。

想花錢做宣傳的安子，遇上只想花錢作研究的阿創，兩人的價值觀差異如此懸殊。因此，為了減少差異，必須拉近彼此的距離，但她不知道該怎麼做才好。面對津津有味吃著烏龍麵的兩人，安子感到心煩意亂。

當天關店後。

「阿創，你知道《軍用收藏》嗎？」

三人照常開反省會，安子吃著賣剩的蛋糕，主動拋出這個話題。

「我不知道欸。」

「我想也是……那是每個月或隔週發行，有送相關主題贈品的雜誌。這期是送戰鬥機或戰車的模型，然後今天來了一位客人說要定期訂閱，他訂了兩本喔。」

快關門的時候，有位體型微胖的中年男性冒雨上門。他買了新發行的《軍用收藏》，而且買了兩本，應該是一本拿來看，另一本當作收藏。

這期是特惠價一本九八〇圓，但從下期開始一本就快兩千圓。假如買到最後的八十期，營業額就會有三十二萬。光靠一個客人就能獲得這樣的營業額，真是一筆可觀的收入。聽了安子的說明，或許是認同，阿創點點頭回道：「原來如此。」

「那樣聽起來很不錯。」

「哎呦，沒想到……」

安子不禁脫口而出。她原以為阿創會說「我沒興趣」或「真浪費錢」。看到安子的反應，日向露出捉弄似的表情，冷不防地說：

「阿創也有在收集東西喔，就是那個——」

「啊，哥，別說了！」

阿創突然起身，急忙想堵住日向的嘴。安子第一次看到這樣的阿創，這可是非常難得的事。不過，就算很慌張，他那張臉依然帥氣不減。

「怪了，不能讓安子知道嗎？」

「……沒、沒有啊，又不是必須隱瞞的事。」

「那就告訴我吧，你在收集什麼？」

安子雙眼發亮等待阿創的回答，但他不吭聲。等不及的安子，接著看往日向。

「阿創他啊，有在收集貓咪的東西喔。」

「是喔～」

安子笑咪咪地看著阿創，沒想到那張酷臉會有這樣的興趣啊。

「怎樣啦？」

阿創瞪向安子。

「阿創也有可愛的一面嘛。」

「妳很煩。」

阿創撇開視線，像在掩飾害羞似地吃起蒙布朗。繼剛才的慌張之後，又見到這副模樣，安子覺得大飽眼福。不過，要是繼續盯著看，恐怕會惹毛他，於是安子將視線轉往日向。

「可是，收藏品不是會越來越多嗎？如果家裡的空間不夠，不就得丟掉了？」

安子收藏的書也一直在增加。因為父母搬走了，所以空間還算足夠，但他們是住在舊店那棟樓的樓上，那裡怎麼看都不像會有寬敞的房間。

聽到安子那麼說，正在吃蛋糕的阿創停下手。

「如果被隨便丟掉，就算是哥，我也不會原諒。」

說完後，他激動地臉爆青筋。

「這樣啊……對不起啦，問了奇怪的事。」

後來沒多久，反省會差不多進入尾聲。今天意外得知了阿創的興趣，中午也見識到日向的和菓子技術。好想再多知道一些他們的事，於是安子向兩人提議。

「今天你們不是一起吃午餐嗎？以後我也想一起吃，我們輪流做午餐如何？」

大家同時吃或許有困難，但輪流的話應該就沒問題。如果是像今天這樣沒什麼客人的日子，三個人也可以一起吃。

「安子要加入，我很歡迎喔。阿創呢？」

「我也覺得不錯。只有我們兩個，菜色很容易就吃膩了。」

沒想到他們這麼快就答應了，安子驚喜地笑了。

「真的嗎?!謝謝你們！」

安子心想，這麼一來又能稍微拉近距離了。

◇

秋意漸濃，月曆上已顯示是十一月。白天的時間逐日縮短，天冷的日子也變多了。華麗裝飾著的馬兒在鎮上遊行的祭典結束後，終於感受到冬天的來臨。

像是要證實冬日已近，幸福堂前通往車站的路，經過的行人也都換上了大衣和長靴。

「好！再蓋一次就集滿囉。」

燈光溫暖、開了暖氣變得暖呼呼的店內，安子在客人的集點卡上蓋章。這是幸福堂最近開始的集點卡活動，一塊蛋糕或一本書可獲得一點，集滿六點就能換一塊阿創的特製餅乾。由於門檻不高，只能送微薄的小禮，但安子希望透過這個活動能吸引客人回流。

當客人集滿點數換餅乾時，會請對方留下姓名住址，以後發ＤＭ就能派上用場。不過，就算客人不願意留個資，還是會得到餅乾。強迫留下個資若造成客人不悅，說不定以後就不來了，那可就弄巧成拙了。

開始集點卡活動的契機是，之前安子煩惱該如何提升營業額時，翻閱了一本商管書《讓人說「謝謝」的買賣》。這本書簡單明瞭地介紹，在消費社會成熟的現代，人們除了物質也追求內心的滿足，商家應該怎麼做才能獲得顧客的支持。書中店家的實例也很多，安子看了覺得她也辦得到。

「那個，我們的店也來辦集點卡活動吧！」

某日午休，吃午餐的時候，安子向阿創和日向提出這個提議。

「集點卡可以自己做，花不了什麼錢。反正我有得是時間可以做。」

「不過，那麼做不就等於降價促銷嗎？」

無論剩下多少蛋糕，幸福堂堅持不做降價促銷。安子早就想到日向會這麼說。

「所以我想跟你們商量看看嘛……」

安子轉而看向阿創。

「阿創，可以請你做些小餅乾嗎？大概這樣的大小。」

安子用右手比出「ＯＫ」的手勢，從圈起的洞裡窺探阿創的反應。洞的大小比五百圓硬幣再大一點。

「如果客人集滿點數，就送一塊小餅乾。這附近應該沒有能夠拿到好吃餅乾的店，這麼一來也可以省下宣傳費用對吧？」

「要我做是可以……但，一塊餅乾能夠滿足客人嗎？」

的確，比起常見的消費折抵五百圓，送餅乾的吸引力稍嫌薄弱。不過，安子參考的那本書裡有提到，送贈品的時候有個絕招。

「那就交給我和日向吧！」

「欸，我也要?!」

「嗯，送餅乾給客人時，有個簡單的小技巧。」

話雖如此，安子也還沒試過。必須等到有客人集滿點數時才能實行那個絕招。

「好吧，既然妳都這麼說了，我就做囉。我想想喔，現在我很喜歡的巧克力口味一定要有。不要花錢的話，就在外型方面下工夫，乾脆來做貓咪造型的餅乾吧……」

阿創似乎靈感湧現，接連說了好幾個點子，然後像是想起什麼似地看著日向。

「啊，哥，你同意嗎？集點卡這件事。」

「嗯，我也覺得這主意很棒。安子一直很想做宣傳嘛。」

「太好了，謝謝你們！」

三人經過不斷地磨合溝通，終於能像現在這樣達成共識。

安子認為這也要歸功於一起吃午餐這件事。儘管三人可以共進午餐的機會不多，但安子和他們——尤其是和阿創的對話確實增加了。

當然，午餐時間除了工作上的事也會聊聊私事。

後來安子又獲得新的情報。雖然收藏貓咪商品是阿創的興趣，但日向也會幫忙收集。日向出門只要看到可愛的貓咪商品就會買給阿創。得知這件事後，安子休假外出時也會忍不住留意貓咪商品。

日向的興趣是閱讀，這是安子之前就知道的事，但沒想到他是十足的書迷，知道許多安子不知道的書。於是，兩人開始互借彼此認為很棒的書。當然，還書的時候也會聊感想聊得不亦樂乎。

店裡的營業額逐漸成長，三人也相處融洽。雖還不到理想的程度，但安子確實感受到店的情況正朝好的方向發展。

某天，有位面帶愁容的女性上門，她出現在店內有零星客人享用蛋糕的下午兩點左右。這位手提大包的女客人，一進店裡就往內用區走去。

「歡迎光臨！」

安子趁送水的時候，瞧了瞧女客人的模樣。年紀大概不到五十五歲，不，說不定才四十幾歲。她沒化妝只塗了口紅，實際年齡可能更大一些。然而穿著打扮比幾乎沒上妝的臉更沒女人味——牛仔褲配褐色運動衫，鞋子是商標類似知名品牌的球鞋。雖然不能以貌取人，但比起其他來吃蛋糕的客人，她實在顯得很突兀。

「請問您決定好要點什麼了嗎？」

她看著菜單似乎還在考慮，不過還是先問一下。

「嗯，我要古典巧克力蛋糕……」

「是，古典巧克力蛋糕對吧？搭配飲料會比較划算，請問您要點飲料嗎？」

幸福堂的飲料和蛋糕一樣都是使用阿創精選的材料，價位也比周邊的咖啡廳略高。不知是因為價錢的關係，或只是猶豫著該點什麼好，那位女客人緊盯著菜單陷入思考。

「……好，我決定了，我要搭配熱咖啡。」

「好的，請您稍候。」

接受完點餐的安子邊走回吧台，邊試著回想。她覺得那位女客人很眼熟，卻想不起來她是誰。

「日向，剛剛那位客人你有印象嗎？」

「嗯，有啊，她不就是旁邊那家超市的收銀員嗎？安子不在的時候，她有來外帶過一次。」

「是喔！難怪。」

原來她是商店街邊那家超市的收銀員。日向的記憶力真好。在幸福堂新的公休日週三，安子經常去那家超市採買食材。各種商品都很便宜，對安子來說是省荷包的好去處。唯一可惜的是，超市最便宜的特賣日是週二，偏偏和店休日錯開，但這也是沒辦法的事。

安子從蛋糕櫃裡取出古典巧克力蛋糕，和日向泡好的咖啡一起端去給那位女客人。

「讓您久等了，這是您點的古典巧克力蛋糕和熱咖啡。」

「謝謝……」

女客人淺淺一笑，視線落在蛋糕上。

「那麼，請慢用。」

後來，安子工作時看了那位女客人好幾次，因為她全身散發猶如被烏雲籠罩的氣息，令安子十分在意。

慢慢品嘗蛋糕，喝一口黑咖啡，最後嘆了口氣。她就像人偶般平靜地重複著這一連串的動作，那模樣根本不像在享用蛋糕。而且，蛋糕吃完後她竟還潸然落淚。周圍的客人似乎也很在意，不時地偷瞄她。

「日向，那位客人怎麼了嗎……」

「看起來好像有很大的煩惱。」

「她沒事吧？」

之後，女客人並未待在店裡看書，喝完咖啡後便起身離開。

隔天她又在相同的時間上門。雖然沒有昨天那麼嚴重，但今天看起來依舊無精打采。

她點了黑到發亮簡直可以當鏡子照的歐培拉。和以金箔裝飾的時髦蛋糕形成鮮明對比，今天的她也散發出強烈逼人的陰沉氣場。

女客人像昨天那樣吃完蛋糕後，來到吧台結帳。

「您有帶集點卡嗎？」

「啊，有。」

她從卡片夾裡取出洋溢手作感的幸福堂集點卡放在吧台上。那張集點卡上已蓋有五點，第一次來店裡外帶那天蓋了四點，昨天也蓋了一點，今天蓋的是最後一點。

「哇，恭喜您！集點卡已經集滿囉！」

「恭喜您！」

安子和日向面帶笑容，誇張地鼓掌祝賀。這是安子從書裡學到，加上自己改編的「表演」。這樣的表演很重要。集滿點數獲得的贈品是一塊小餅乾，那塊餅乾因為表演可能變成「只有一塊的寒酸贈品」，也可以是「與店員同樂的開心體驗」。既然花費相同，當然是後者比較好。也許是表演奏效，女客人的表情也稍稍放鬆了。

「請在背面寫下姓名和住址，然後選一塊喜歡的餅乾。」

安子拿起放在蛋糕櫃上的籃子遞到女客人面前。籃子裡放了許多個別包裝的餅乾，每塊餅乾小歸小，做工卻很道地，從米色的原味餅乾到加了果醬或深褐色的巧克力餅乾都有，種類豐富到令人眼花撩亂。

「那……我要這個。」

女客人選的又是巧克力餅乾，蛋糕也都是吃巧克力口味，看來她相當喜歡巧克力。她將餅乾放進包包，離去的步伐比來的時候略顯輕盈。

「她好像有變得比較開心，太好了。」

「像那樣炒熱氣氛果然有加分，安子這招讚喔！」

「對吧。」

書店的名字「幸福堂」——當初祖父取這個店名就是希望和店有關的所有人都能變得幸福，安子也努力延續那樣的想法。

怎麼做才能讓人變幸福，安子還在摸索。遇見好書、吃到美味的蛋糕、得到意想不到的禮物……即便是細微的小事也無妨。想把這家店變成能夠遇見幸福的地方，安子心中的這個念頭十分強烈。

「接下來，要把這個打進電腦裡。」

安子拿起留在吧台的集點卡，背面的姓名欄寫著「四谷仁美」。

「對了，那個客人也是……」

安子想起那位要定期訂購《軍用收藏》的男客人，他也說自己姓四谷。不過，四谷這個姓在這附近不算少見，她認識的四谷就有好幾位，於是安子不以為意，開始在電腦上輸入集點卡的個資。

◇

隔天之後，仁美幾乎天天來幸福堂報到。她都固定在下午兩點左右來，大概是結束超市的工作後順便過來。

不過，幾乎天天來卻也令人擔心。幸福堂的蛋糕搭配飲料要一〇八〇圓，以這一帶的兼職時薪來算，一小時的時薪根本不夠。

她這樣會不會影響家計？話說回來，她為什麼總是一副很寂寞的表情？雖然現在已經不會像第一次來那樣掉眼淚，但安子還是很擔心仁美的狀況。

「謝謝您平時的支持，這是一點小心意。」

安子把裝著兩塊餅乾的小盤子端給今天也點了古典巧克力蛋糕的仁美。之前午休的時候她提到仁美的事，後來阿創說：「下次那個客人來，請她吃吃看這個。」盤子裡的正是這個巧克力餅乾。

這個餅乾和以往的不同，裡面加了橙皮。濕潤的餅乾體帶著甜甜的柑橘香，還有刻意保留的些許苦味，這樣的傑作立刻擄獲安子的心。

「哇啊，看起來好好吃。我真的可以收下嗎？」

仁美開心地笑了。總是沉著一張臉的她，終於露出笑容。這麼一來，送餅乾也算送得很值得。

「當然可以。您那麼常來，這是甜點師送您的禮物。」

「那我就不客氣囉。」

仁美輕輕抓起小小的餅乾放入口中，咀嚼了好幾下後，臉上再次浮現喜色。

「嗯，好好吃喔。幸福堂的甜點全都好好吃，我很喜歡這裡。」

「真的嗎?!謝謝您！」

安子笑容滿面地回道。

送餅乾這件事讓安子與仁美一下子拉近了距離。那天之後，兩人的交談不再那麼拘謹。

「仁美，午安。」

安子親密地直呼仁美的名字，這是她的原則。女性一旦結婚後，總是被稱為「〇〇的太太」，有了孩子之後就變成「〇〇的媽媽」，很少被用自己的名字稱呼。

有些人甚至被丈夫用「喂」或「妳」稱呼，而這些人頂多是在父母面前，或是去醫院看病時才會被用名字稱呼。不過，最近醫院為了保護患者的隱私，多半是叫號碼。因此，安子稱呼女性時都是叫對方的名字。

仁美到店裡的時間正好是客人多的下午茶時段，她們沒機會坐下來好好聊，但也因為她經常來，所以安子會趁上餐點或結帳的時候和她聊一聊。

「——仁美的兩個女兒都是國中生啊？而且只差一歲，真是辛苦妳了。」

「是啊，明年老大就要升國三了，得開始準備考試的事。她想考私立高中，那得花不少錢，要是老二也說要考私立高中，總不能不讓她考吧。」

「也是。」

「我是有買教育基金，但想到將來的事，還是不免擔心能不能應付得來……」

仁美煩惱的不只這件事，她也擔心能不能讓女兒們順利上大學，擔心拿不拿得到老人年金，現在住的大廈會成為終老的處所嗎？老公不會被裁員吧？一想到這些，她就煩惱得不得了。

和仁美聊過後，安子深感她的煩惱都和錢有關。即便如此，她還是幾乎天天來幸福堂。身為做生意的店家固然開心，但對四谷家會不會造成問題？她的家人都沒說什麼嗎？儘管有很多事想問，安子的內心仍有所顧慮。

◇

店休日週三的隔天。

這天說「不巧」還真不巧，出現十一月難得會有的傾盆豪雨，氣溫也是打從早上就沒有上升的跡象，冷到讓人想鑽進暖爐桌。

這樣的日子，想當然沒有客人上門。平時擺滿蛋糕的蛋糕櫃，今天也只零星放了幾個。因為看了氣象預報知道會是這樣的天氣，所以減少了蛋糕的製作數量。

「好無聊喔……」

聽著雨水激烈敲打屋簷的聲音，安子在店內晃來晃去。

「這種天氣也沒辦法。」

日向也已進入休息狀態，在吧台看著書。

「雨不會停嗎？」

「看氣象預報說，好像會下到傍晚的樣子。」

「是喔……」

沒事可做就覺得時間過得非常慢，安子又開始在店內閒晃，順手把書擺整齊。

但她很快就繞完一圈，於是朝大白天卻很昏暗的店外走去。

打開門，嘩啦嘩啦的雨聲彷彿立體音效在耳邊響起。同時，反常的冰冷空氣撫過她的臉頰，雖不至於刺痛，但感覺就像冬天一樣冷颼颼。

「這種日子好想吃點熱呼呼的東西暖暖身子……啊，對了！」

安子轉過身，跑往日向所在的吧台。

「今天中午，我們來辦火鍋趴吧？」

剛好昨天買了不少食材，有白菜之類的蔬菜、舞菇或鴻喜菇等菇類，還有四百克左右的豬里肌。這些因為特價賣得很便宜，所以雖然覺得自己吃有點多卻還是買了。

「火鍋趴？」

聽到這突如其來的提議，日向闔上正在看的書，露出驚訝的表情。

「嗯。今天很冷也沒什麼客人，現在正是吃火鍋的季節，乾脆來吃第一鍋吧。食材有很多喔。」

日向轉而看向店外，滂沱大雨仍未減弱，嘩啦啦地下在冷清黯淡的商店街。

正好有個撐傘的人經過店前，應該是因為很冷的關係，那人彎著腰蜷縮身子。

「嗯。這主意不錯，今天超適合吃火鍋。」

「太棒了！」

既然決定了就立刻行動。他們進到廚房，阿創正專心地研究新品。旁邊放著巧克力，看來應該會有巧克力口味的新蛋糕。

「你們怎麼一起來？現在吃午飯還太早吧……」

「安子說今天沒什麼事，中午要不要來開火鍋趴。」

「我又不是閒著沒事……不過天氣也不好，這主意不錯。」

「那就決定囉！」

安子馬上回家準備食材，著手烹調。她先在鍋子裡放昆布和水加熱。因為沒時間泡昆布，所以只好把昆布切細。

「日向，這個麻煩你！」

「ＯＫ，交給我。」

日向從安子手中接過蔬菜，邊切邊發出節奏規律的切菜聲。

鍋裡的湯底就快煮滾了，安子取出昆布，倒入酒、味醂和醬油，接著將日向切好的蔬菜等食材逐一下鍋。火鍋隨便煮煮就很有味道，是安子很喜歡的料理。

煮了一會兒後，安子把湯舀進小碟試味道。

「嗯～味道真不錯！」

蔬菜的甜味與豬肉的鮮味充分融入昆布和醬油的清淡湯底，這鍋煮得很棒。

「這個，我拿去那邊喔。」

平時吃飯的桌子放著卡式瓦斯爐，日向把鍋子從爐上移去那裡，桌上則已擺好了筷子和碗盤。

「阿創，吃飯囉！」

三人圍坐在滾燙的鍋子前，鍋中冒出的熱煙使人提早感受到冬意。

「看起來很好吃嘛。」

「味道很棒喔，大家快吃吧。」

「我要開動了。」安子說完後把料舀進小碗。她先吃的是白菜心，邊吹氣邊放入口中，煮到軟透的白菜心溢出甜味，果然是當季的食物。接著吃蔥白，入口咬下的瞬間，熱呼呼的蔥心滑了出來，相當燙嘴。安子邊說「啊呼！」邊像怪獸似地口吐白煙，忍住燙口的熱度。吃第一碗時，三人各自對抗熱度，默默品嘗。

「嗯，安子，煮得很好吃呢。」

「嗯！」

阿創不發一語地舀了第二碗，這鍋似乎很對他的味。身體開始變暖後，安子放慢吃的速度，向兩人拋出話題。

「對了，阿創和日向以前是念怎樣的學校啊？」

「幹嘛突然問這個？」

「仁美的女兒啊，打算考私立高中。她的兩個女兒只差一歲，如果接連報考，教育費似乎是一筆沉重的負擔……雖然我是獨生女，爸媽也是很辛苦賺錢才供我讀到大學。」

「這樣啊。我念的是國中直升大學的私立學校，真的花了父母不少錢。」

「聽起來你是受精英教育長大的嘛。」

安子問了日向是讀哪間學校，得到的回答是眾所周知的東京一流大學。

「……日向，你果然是有錢人家的少爺吧？」

「啊哈哈，人上有人啦，我看起來就不是那種人。不過，我的確很順利念到大學畢業就是了。」

那間學校就算有錢，本身沒有實力還是進不去，可見日向是非常優秀的人。

儘管有那樣的背景，日向卻在這裡笑嘻嘻地吃著火鍋。即使直接追問，總是被他巧妙迴避。安子心中暗下決定，總有一天要把關於日向的重重謎團一一解開。

「那阿創呢？」

「我不想說。」

他斬釘截鐵地拒絕了。

「這樣啊。」

「……不過，要是妳又追問下去，事情會變得很麻煩，我就稍微講一下吧。」

「我哪有那樣。」

我才不會追問。想是那麼想，但她也無法否定阿創的話。因為她很想多了解一些關於他們的事，而且她的確干涉了客人的隱私。

「我和哥念同一所大學，但我後來落跑了。」

兩人都是頭腦聰明家世好的少爺，和安子是不同世界的人，她不禁感到失落。

「這樣啊，所以你休學是為了成為甜點師嗎？」

「沒錯。」

「原來如此……」

安子拋出這個話題是想得到解決仁美煩惱的建議，沒想到他們都是出身那麼好的人，實在無法當作參考。不過，可以知道他們的事也是一大收穫。安子重振精神，拿起杓子。

「好，再吃一碗吧。」

身心都變得暖呼呼的三人，最後還吃了收尾的烏龍麵。

午餐結束後。

「安子，五十張印好囉。」

「嗯，謝謝。」

接下日向用電腦列印的集點卡，安子用剪刀一張張剪開。吃飽後做這麼單調的工作實在是提不起勁，但也沒有其他事可做。

「好，完成！」

安子只花了幾分鐘就剪好五十張集點卡，接著又沒事可做了。時間是下午一點多，還有一段漫長的時間。她看了看店外，雨勢依然強勁，大雨猛烈敲打著路面。

就在此時，有位女性映入眼簾。

「啊，是仁美。」

「這種日子怎麼會來……」

仁美來得比平常早。這樣的天氣，超市應該也沒什麼客人，大概是為了節省人事費被要求早退。不過，終於有客人上門了，安子與日向笑盈盈地迎接她。

「歡迎光臨……咦？」

可是，仁美的樣子怪怪的。她像第一次來店裡吃蛋糕那天一樣低著頭，全身散發陰沉氣場。

「仁美，妳怎麼了嗎？」

「那個人又來了……我已經受夠了。」

仁美的聲音細如蚊蚋，她好像遇到什麼事被逼得走投無路。

「如果妳不介意，可以說給我聽聽。」

安子引導仁美就座，自己也順勢坐在她斜對面。

「仁美，發生了什麼不好的事嗎？」

「嗯……」

她沒再接下去說，看起來相當苦惱。當安子正愁著不知該如何是好時，日向端來冒著熱煙的杯子。

「今天很冷，這是本店的招待，請慢用。」

一股甜甜的香氣撲鼻而來，日向好像做了菜單上沒有的熱巧克力。意想不到的貼心舉動換得仁美的淺淺一笑。

「謝謝……」

仁美端起熱巧克力，小心翼翼地喝了一口，細細品嘗。或許是心情平靜下來了，表情也變得柔和許多。

「其實……我老公的興趣讓我傷透腦筋……」

「是怎樣的興趣呢？」

「他有在收集汽車和飛機的模型。」

幸福堂販售的汽車或飛機雜誌通常都是男性購買的，《軍用收藏》的購買者也都是男性。

此時安子突然想起一個人，那位一次買兩本《軍用收藏》的男客人，和仁美一樣姓四谷。仁美的老公也是相同的興趣，難道他們是夫妻嗎？安子覺得也許是自己想太多，心卻靜不下來。

「我不覺得那個興趣有什麼不好，可是他的收集癖太嚴重了……以前他會把模型放進收藏盒，整齊地擺在房間裡，後來放不進盒子的東西和空箱子堆得地上到處都是……那些破銅爛鐵快要從房間裡滿出來了。我是極簡主義者，客廳和其他房間都整理得很乾淨。我跟他說那樣亂放很危險要收一收，他只把我的話當耳邊風。」

仁美說完後，喝了一口熱巧克力。也許是最愛的巧克力發揮效果，她的臉色漸漸變得紅潤。

「不過，只要不進那個房間就沒事了，我對他的收集癖作了很大的讓步……約莫兩年前開始，他又多了拍攝收藏品的興趣，這下子我真的忍不下去了。說是要幫收藏品拍照，把客廳弄得亂七八糟，就連相機都變成收藏的對象。昨天他又買了貴得很誇張的相機。」

明明已經有很棒的相機了，仁美補上這句。安子第一次看到仁美這個樣子。以往的她看起來總是很消沉，就算和她聊天也講沒幾句。或許現在這樣直言不諱才是仁美的真面目。

「那台相機多少錢啊？」

「要二十五萬欸。」

「二……二十五萬？」

「是啊。如果收入像以前一樣好，我頂多不爽一下就算了。但他半年前突然換工作……收入少了很多，結果還這樣亂買東西……」

聽到這兒，安子心中的猜想得到證實。仁美老是為錢煩惱就是因為她老公的收入變少，以及不知節制的興趣。

「而且，我問他『你知道你換工作後，薪水變少了嗎？』妳猜他怎麼回我？」

想了幾秒想不出答案的安子搖搖頭。

「他竟然說『反正妳有在兼職，這樣不就打平了』。」

說到這兒，仁美大嘆一口氣，她似乎已經忍無可忍。將肺裡的空氣伴隨怨念一吐為快後，像是要淨化內心似的，她喝了口熱巧克力。

「不光是那些事。我覺得幸福堂的蛋糕非常好吃，我老公卻說『妳買那種甜滋滋的東西真浪費錢』。他一口都沒吃就否定我唯一的樂趣！我辛辛苦苦十圓、二十圓地努力省錢，他卻每星期都買些破銅爛鐵……搞到最後居然還花了二十五萬？二十五萬耶。所以為了報復他，我就跑來幸福堂了。我賺的錢應該可以花一些在自己身上吧？不過，來了幾次真的覺得待在這裡很開心。」

仁美接著說，來這裡吃蛋糕是她目前人生最大的樂趣。

「原來是這樣啊……」

安子如此回道，內心卻十分煩惱。仁美的問題相當複雜，她老公除了浪費成性，也不願理解她的樂趣；另一方面，仁美也不理解她老公的興趣，否則她不會說出那些收藏是「破銅爛鐵」這種話。

安子認為原因可能出在彼此溝通不良，然而這些還是得靠夫妻倆談過才能解決。她拚命地思考自己現在能為仁美做什麼。

「仁美，先不管妳老公的興趣，他應該也有優點吧？」

安子那麼問是想讓仁美想起老公的優點，這麼一來或許就能增加對話機會。

「他怎麼可能有。」

仁美想也不想就回答。不過，這應該是氣話。任何人都有優點和缺點，只是她現在腦子裡只想到丈夫不好的一面。

「那我換個問題喔，仁美是被妳老公的哪一點吸引才和他結婚的呢？」

「這個嘛……」

仁美望向遠方想了一會兒，然後這麼說。

「大概是，他很博學多聞吧……」

「是喔，那確實很厲害啊。」

「然後……他以前會帶我去很多我不知道的地方，他很懂當地美食和旅館。這麼說來，那時候他還沒有收集癖，只要可以搭電車或飛機就很滿足了。」

仁美邊說邊露出微笑。想必當時的點點滴滴在她心中是美好的回憶。

「妳老公是很可靠的人嘛。他還有什麼優點嗎？」

「我想想……他很聰明，我女兒還沒上補習班之前，都是他幫她們看功課，也會親自下廚。雖然手藝不太好就是了……」

仁美接連說出丈夫的優點。安子心想，看她這個樣子，那個讓她嘆氣的原因，也許在不久的將來就能解決。

「什麼嘛，妳老公有很多優點啊。」

然而下個瞬間，仁美頓時臉色一沉。

「……那都是過去的事了。」

的確，現況並非如此。可是，未來還是可以改變的。

「該怎麼做才能回到從前呢？」

被安子這麼一問，仁美變得安靜不語，持續沉默好一會兒。安子耳中只聽見店內不合氣氛的流行歌曲，以及依然激烈的雨聲。

約莫過了一分鐘，換成別首歌的時候，仁美像是想到什麼似地開了口。

「啊，對了。」

「怎麼了嗎？」

「喔，我想到一件事——」

「歡迎光臨！」

安子正想問仁美想到什麼事，耳邊卻傳來日向招呼客人的聲音，於是她們結束了聊天。雖然聊到一半被打斷，但仁美臉上卻浮現暢快的表情，看樣子她的心情應該是好多了。

仁美今天也用集滿的集點卡換了香橙巧克力餅乾，在雨中離去。

◇

週六開店後沒多久，阿優垂頭喪氣地走進店裡。

「咦？四谷先生，第三期還沒賣喔。」

阿優定期訂購的《軍用收藏》第二期前幾天才剛上架，距離第三期的發行日還有十幾天。

「……不是啦，我來是想取消定期訂購。」

「呃？你要取消是嗎……」

面對突如其來的要求，安子頓感心急。直接答應當然沒問題，可是那麼做會損失一大筆收入。

「第三期的贈品是四谷先生期待很久的飛機喔……」

「那已經不重要了……算了……」

阿優感覺怪怪的，平時總是冷冷地說「給我那個和那個，還有這個」的他，說起話來吞吞吐吐。仔細一看，他的臉色也很差，就像是失去了活力。

「發生什麼事了嗎……？」

「我……放棄我的興趣了。」

沒想到阿優會這麼說，即使天地翻轉他應該也不會說出這種話。

「等等，那不是那麼容易就能放棄的事吧？」

「算了……我放棄了啦，反正……房間裡的收藏品全都沒了。」

說到這兒，阿優簡直就快哭出來。

「蛤?!全都沒了是什麼意思？」

安子突然感到心慌。她心中猜想是仁美丈夫的阿優，看起來手足無措。到底發生了什麼事？她吞了吞口水，等待阿優的回答。

「——被丟掉了……被我老婆。」

安子聽了臉上頓失血色。仁美怎麼會做出這種事？不，現在還不確定阿優是仁美的丈夫。不過，他很寶貝的收藏品被丟掉已經是無法改變的事。

每個人的價值觀不同，安子只要有書和甜點就很滿足，即使對貓咪的東西沒什麼興趣，她也不會否定阿創的興趣，更不可能丟掉他的收藏。阿創曾經說過，如果他收集的貓咪商品被丟掉，就算是日向他也不會原諒。收藏品這種東西就算在他人眼中毫無價值，對收藏者來說卻是寶物。

假如……假如仁美真的隨便丟掉阿優的收藏品，事情可就嚴重了。

「她趁我不在家的時候，把我的模型和相機全都……裡面還有已經買不到的稀有品啊……」

阿優氣到發抖，硬擠出這些話。看來他真的受到很大的打擊。

安子暗暗思考，此時此刻自己能夠做些什麼。可是，她什麼都想不到，什麼都做不了。正當安子感到又急又氣時，阿優離開吧台在店內走動，然後站在某個書架前，選了幾本書走回來。

「她叫我來買這些。」

阿優拿在手上的，是高中入學考的參考書和練習題本。數一數有六本，剛好可以蓋滿一張集點卡。於是，安子想到只要讓阿優換餅乾，便可以知道他的住址。要是他和仁美的住址一樣，就能確定他們是夫妻。

——確定他們是夫妻的話，就能向仁美打聽真相。

不過，以前跟阿優提過集點卡的事，當時他說錢包裡一堆卡，所以拒絕了。為了避免再發生那樣的事，安子謹慎地說明。

「四谷先生，你沒有集點卡對吧？因為買六本剛好集滿一張，只要在這裡留住址就能換贈品喔。」

安子邊說邊把集點卡翻到填寫住址等個資的背面。

「贈品是什麼？」

「請從這裡選一塊喜歡的餅乾。」

「餅乾啊……那我不要。」

這時安子想起來，仁美說過她老公討厭甜食，這個人應該就是仁美的老公吧。

可是，他不換餅乾就會失去獲得證據的好機會。

怎麼辦才好？正當安子為此著急時，有人敲了敲她的背。回頭看，日向手中握著一張捲起來的海報站在那兒。他對安子眨眨眼，暗示她可以用這個代替餅乾當作贈品。這真是好主意！雖然阿優說要放棄興趣，但他不是因為討厭而放棄。了解日向的用意後，安子攤開那張海報。

「不然，換這個如何？這是非賣品喔。」

看到海報的阿優，眼睛為之一亮，宛如興奮的少年。

「喔喔，是F-2和16式機動戰鬥車耶……」

安子手裡的是《軍用收藏》的海報。通常過了宣傳期就會丟掉，這張前陣子才拿掉，所以還留著。

不過，阿優發亮的眼神隨即消失，恢復原本死氣沉沉的樣子。

「……我看還是算了，我已經放棄我的興趣。」

「不過，這是免費的啊，收下這個應該沒關係吧？如果四谷先生不要的話，那我就得丟掉它囉。」

儘管遭到拒絕，為了獲得能夠證明阿優和仁美是夫妻的證據，安子刻意搖晃手中的海報，而阿優的雙眼正緊盯著海報不放。

「……這樣啊，既然妳這麼說，那我就……收下這個應該沒關係啦。」

阿優拿起筆開始在集點卡背面寫下姓名和住址。看到他寫的住址，安子心中的猜測得到證實。

——阿優和仁美果然是夫妻。

或許是得到珍貴非賣品的關係，阿優離開時心情平靜許多，安子和日向目送他圓潤的背影離去。

當天晚上。

「對了阿創，那個買《軍用收藏》的客人就是仁美的老公喔。然後，她好像趁她老公不在家的時候，擅自把他的收藏品丟掉了。」

三人照例開著反省會，話題的中心自然是仁美和阿優。結果今天仁美沒來，所以無法確認事情的真假。

「太過分了吧……」

雖然阿創沒有氣到爆青筋，但瞇起來的雙眼透露出不悅。他也有在收集東西，想必是感同身受吧。

後來安子向阿創說明事情的來龍去脈，從仁美幾乎天天來幸福堂的理由，到阿優今天的手足無措，全都告訴了他。

「既然會發生這種事的話，妳還是別再賣那種收藏類的商品了……」

「不，想要的人就算來這裡買不到也會去別的地方買，所以你就別擔心。」

「這樣啊……也是啦。」

阿創的話讓安子堵在心上的難受感悄然消散，但，她還是覺得心裡悶悶的，因為根本的問題還沒解決。

「然後啊，我想要幫他們製造溝通的機會。他們一定是對彼此有誤解，因而產生距離，導致誤解繼續擴大……」

他們的關係陷入了惡性循環，肯定是這樣沒錯。

「妳那麼做，不會讓事情變得更棘手嗎？」

也難怪阿創會擔心，畢竟安子上個月才剛捲入客人的家庭糾紛。

「我也反對插手客人的私事。要是結果變得更糟，安子會承受不住吧。」

日向說得也有道理。即使為他們製造溝通的機會，也不保證就能解決問題。

倘若情況惡化，安子肯定會變得更自責。上個月她也很擔心會不會害志保和高志離婚。

「可是，他們一定得談一談才行。」

安子雙手撐住桌面，拚命地說服兩人。

「是說，為什麼妳那麼想為他們做些什麼呢？」

「那是因為……」

有個很重要的理由。

「那是因為？」

「……仁美丟掉收藏品，說不定是我害的。」

安子將堵在心上的最大原因說出口。

「這話是什麼意思？」

安子重述與仁美的談話，就是她要仁美回想阿優的優點的那次談話。

「——我想，也許她是想找回過去的快樂時光，所以把收藏品丟了。」

「妳想太多了吧。」

「我才沒有！」

安子強烈地否定。因為仁美想起過去的往事後，臉上確實露出暢快的表情。要是他們因此離婚，兩個女兒該怎麼辦？氣到失去理智的阿優該不會對仁美動粗吧？安子腦中想的淨是各種不幸的未來。

「安子？」

看到安子失常的舉動，日向趕緊出聲關切，就連阿創也面露擔憂。

「……那個，我們的店名是幸福堂對吧？」

「嗯。」

「明明是幸福的場所，我沒辦法眼睜睜看著上門的客人變得不幸。」

安子用發抖的聲音訴說著，阿創和日向默默聽她說。

「之前我說過店名的由來對吧？我爺爺希望來這裡的每個人都能變得幸福才取了這個名字。所以……幸福堂必須……必須是『帶來幸福的店』才行……」

屋裡再次陷入一片靜默。

安子低著頭努力忍住淚水，阿創見狀不知如何是好，一旁的日向則就這麼看著兩人。雖然不知道他們心裡是怎麼想的，但安子已將心底的感受和想法說出口，要是他們依然反對，也只好放棄了。

「……」

「……」

「我懂安子的心情喔。」

日向先開了口。安子抬起頭，紅著眼睛看著他。

「安子，妳知道《解憂雜貨店》這本小說吧？」

「嗯……當然。」

這是東野圭吾的作品之中，安子最喜歡的一本小說。書中的雜貨店老闆真誠答覆客人的煩惱，透過信連接過去與未來，是個略帶奇幻色彩的故事。

「那本書的精采之處雖然是錯綜複雜的人物關係，可是不論過程如何，藉由商量解決了許多人的煩惱。聽了安子的話，來幸福堂的人也因為和安子商量自己的煩惱，奇蹟似地獲得解決。我想，這裡應該能變成那樣的店吧。」

「你的意思是……」

「我會全力協助安子的。阿創呢？」

安子轉而看向阿創。

「老實說，一直以來我都認為自己無法和別人商量煩惱。不過……妳理想中的店，我覺得還不錯。」

「……謝謝你們！」

安子再度眼眶泛淚。不過，和剛剛的眼淚是不同的意義。

「好，既然已經作出結論，沉重的話題到此為止，來吃阿創試作的蛋糕吧。」

聽了日向的話，安子看看手邊還沒碰過的盤子，是新口味的古典巧克力蛋糕。

外觀和之前的古典巧克力一樣，差別在於盤子上有附鮮奶油，擺在奶油上的小片薄荷葉，也增添了可愛感。安子用手帕擦乾眼淚，拿起叉子。

「我要開動了。」

安子從蛋糕前端切下三公分左右，沾上柔軟蓬鬆的鮮奶油放入口中。先感受到的是甜而不膩的鮮奶油的柔和香氣，咀嚼之後，苦甜巧克力的淡淡苦味滲出。

不過，這樣的搭配很棒，屬於成熟大人的滋味。而且，還有些微的鹹味，是剛剛的眼淚嗎。

「嗯，真好吃！」

安子綻放燦爛的笑容，甜點果然有讓人心情愉悅的魔力。

「太好了，安子恢復精神了。對吧？阿創。」

「嗯，心情低落的時候就要吃甜點。」

「就是說啊！」

除了試作的新品，安子眼前還有很多蛋糕，她盡情享用度過幸福的片刻時光。

◇

「咳咳！咳咳！」

幸福堂後面的倉庫內揚起大片灰塵，安子忍不住用袖子摀住嘴卻為時已晚，她早就吸進去了。

「安子，真的在這裡嗎？」

「應該有才對，我常看我爸在這裡整理。」

一旁的阿創在堆積如山的紙箱中拚命翻找。三人之中力氣最大的他，做這種勞動身體的事最可靠了。紙箱外並未標示裡面裝了什麼，只好不斷地打開蓋上，接著再把紙箱移到別處，一再重複這樣的動作。

安子咳完後穩定呼吸，繼續翻找紙箱。

紙箱裡裝的是書和雜誌，大多是安子父親喜歡而留下的，越留越多的結果就變成這個狀態。「將來增值了，說不定可以蓋房子呢」安子很懷念父親的這句口頭禪。

他們正在找某雜誌的舊刊，但不是今年或去年這麼近期的，而是年代頗久的舊刊。

為何要找那種東西？因為想讓阿優和仁美能夠互相理解，必須讓他們同時來店裡。

雖然安子也可以直接造訪四谷家，但她構思的計畫只有在幸福堂才辦得到。所以得讓四谷夫妻——特別是阿優有來店裡的動機。

「找到了！就是這個。」

安子手裡拿的是飛機封面的雜誌。確認了一下發行日是昭和五十五年（一九八〇），那時安子還沒出生。後來就像挖到金礦一樣，找到許多相同名稱的雜誌，每一本都是昭和年代發行的。

阿優應該會對這些感興趣。儘管時間有點晚了，坐立不安的安子還是打了通電話給阿優。

「四谷先生，抱歉這麼晚打擾您。那個，我在倉庫裡找到很稀有的雜誌……我想四谷先生看了應該會很開心。」

「咦，是什麼雜誌？」

「是航空迷都知道的那本雜誌。我找到很多昭和五〇年代的舊刊，雖然不能當成商品賣了，但還是可以翻閱，請問您有興趣嗎？」

「真的嗎？那麼，我下星期六過去可以嗎？」

「當然可以。不過，要是店裡客人多，可能會不方便讓您看，希望您盡量早一點來。」

「我知道了，開店後我馬上去！」

這麼看來，即使放棄收藏，阿優依然熱愛他的興趣。第一步算是完成了。

隔天，仁美一如往常來到店裡，像是沒發生過丟掉收藏品的事。

「仁美，其實我們做了新的古典巧克力蛋糕喔。」

「真的嗎?!這樣的話，我今天要點那個。」

「那個啊，還沒正式推出耶。不過，下週六早上九點半開店前會舉辦只招待常客的試吃會，妳方便過來嗎？」

仁美從包包裡拿出手帳確認行程。假如時間搭不上，就得再作調整。

「太好了，本來六、日必須輪班，那天剛好我休息，我一定會來的。」

幸好那天仁美也沒事，這下子事前準備就完成了，現在只希望他們準時來。

轉眼間就到了關鍵的星期六。路上枯葉隨風滾動的十一月中旬的早晨，安子刻意提早開店。一接觸到外面的空氣，頓時冷到打哆嗦，不過今天的天氣很好，晴朗的天空似乎也在為幹勁十足的安子打氣。

「終於等到今天，我期待好久了。」

九點半又過了五分鐘左右，仁美先來了。也許是因為今天休假，她不像以往穿得很樸素，而是穿著深秋氣息的栗色大衣搭配白色圍巾，還有看起來很暖和的灰色長裙。

「請跟我來。」

安子趕緊送上新口味的古典巧克力蛋糕。

「嗯，和平常吃的不一樣耶。超好吃！」

仁美用蛋糕沾取鮮奶油細細品嘗。吃到一半時，她好像察覺有異，開始東張西望。

「是說……除了我之外，沒有招待其他客人嗎？」

「有是有，不過因為通知得太突然，能來的只有仁美，而且時間也太早了。」

其實除了仁美，根本沒有招待別的客人。不知情的仁美相當滿足地說：「所以，現在被我包下來囉。」

安子也請仁美試吃了其他蛋糕，此時店內的時鐘指向十點。就像是看準時間似的，另一位客人阿優也來了。兩人立刻認出彼此，默默地互看對方。

「……」

「……」

「妳怎麼會在這裡？」

阿優先開了口。他走到內用區，怒視仁美。強烈的視線令仁美不禁別過臉，看來他們的關係真的很糟。

「其實，今天我有話想跟兩位說，所以請你們來店裡。」

「有話跟我們說……？」

不只是阿優，仁美也滿頭問號。眼看其他客人上門的時間就快到了，必須帶他們到別處才能繼續談下去，於是安子引導兩人到後院休息區的那張桌子前。人在廚房的阿創也看得到這裡，萬一發生什麼事也有人照應。

就座後，面對焦躁不安的兩人，安子開口說：

「仁美，我就直接問了，妳把阿優先生的收藏品丟掉了嗎？」

「……」

仁美並未否定安子的話，而且她的表情變得很僵。

「妳為什麼要那麼做？」

「……只要那些破銅爛鐵……消失的話，他就有更多時間陪我和女兒了嘛！」

說完之後，仁美「哇」地哭了起來。她丟掉收藏品的理由，果然如安子所想。

「可是，妳也不能隨便亂丟啊……那些收藏品有我小時候的回憶欸……」

「因為……你都……不肯好好聽我說……我只好這麼做……」

仁美抽抽噎噎地回道。

「仁美很擔心將來的事。擔心兩個女兒的升學，也擔心老年的生活。」

「這跟丟掉我的東西有什麼關係？」

「非常有關係。」

安子看了看仁美，她覺得仁美自己說會比較好。

「……我希望你以後……不要再亂花錢了。」

「妳買蛋糕不也是亂花錢嗎？與其把錢浪費在那種甜滋滋的東西，緊急關頭可以賣掉的收藏品好過一百倍。」

聽到仁美曾經提到的對話，安子忍不住嘆了口氣。

「阿優先生，收藏品不見的時候，你是怎麼想的？」

「我腦子裡一片空白，覺得自己的人生遭受否定。」

「對仁美來說，蛋糕就像阿優先生的收藏品一樣喔。」

如果說收藏東西是阿優的樂趣，吃蛋糕也是仁美的樂趣。即使是不同領域，都是能夠滿足內心的行為。

「我的收藏品可以賣掉換錢……蛋糕吃掉就沒了，根本是兩回事！」

可惜的是，阿優完全沒聽懂安子的話。

「阿優先生，你滿足了自己的慾望，但你滿足過太太的期望嗎？你這樣不是過度沉迷於興趣，完全忽視了對方嗎？所以，你的收藏品才會被丟掉啊。」

「這個嘛……」

安子接著看向仁美。

「仁美，就算阿優先生沒有好好聽妳說話，隨便丟掉他的東西是妳不對。每個人的價值觀都不同，無法理解的部分就要靠溝通，不是嗎？」

「……」

仁美一句話也沒說。

「我的回憶已經回不來了啦……」

阿優語帶顫抖地說，看來他真的受到很大的打擊。安子小時候讀到的那本讓她愛上閱讀的繪本，至今仍在書架上。雖然已經看到變得破破爛爛，但要是被丟掉的話，她不知道自己會有什麼反應。即使在舊書店找到相同的繪本，也不是原來那本了，那是獨一無二的存在。仁美做了無法挽回的事。

「……」

「……」

「那個啊……」

氣氛變得宛如守靈般沉重，仁美打破了沉默。大家的視線全聚集在她身上。

「其實……我沒丟掉你的收藏品，是寄放在娘家了。」

「蛤?!」

聽到仁美突如其來的表白，阿優忍不住叫出聲，沒出聲的安子也不禁張著嘴一臉呆愣。

「全部都在我娘家，所以，你就別再悶悶不樂了。」

仁美緩緩吐出的一字一句化作迴音在耳邊迴盪，沒多久被牆壁吸收，小小的休息區再度恢復寧靜。

「……太、太好了。」

阿優彷彿全身虛脫似地趴在桌上。

「為什麼妳一直不說實話？」

「對不起……我原本只是想嚇嚇你……沒想到你會那麼消沉。我想跟你道歉，也想趕快告訴你那些東西在我娘家。雖然心裡很掙扎，卻不知道怎麼說出口……」

「算了，沒有丟掉就好……」

儘管是意想不到的發展，收藏品被丟掉的事總算是解決了。

不過，價值觀的差異，這個造成他們之間產生距離的原因依然存在。這件事必須花時間好好談一談，現在只能先製造動機。

「喂，我拿來囉！」

此時突然冒出一個低沉的聲音，是阿創。他手上拿著仁美剛剛試吃過的新版古典巧克力蛋糕，這是安子和他事先講好，請他拿來的。安子說了聲「謝謝」後接過蛋糕，遞到阿優面前。

「阿優先生，這是仁美視為人生樂趣的蛋糕，你要不要吃吃看？」

「我討厭甜食……」

「別這麼說，吃一口也好。」

在安子的催促下，阿優勉為其難地將蛋糕放入口中，接著露出驚訝的表情。

「這……不甜耶?!」

「對啊，這不是甜滋滋的蛋糕喔。」

阿優又主動吃了第二口，仁美睜大眼睛盯著他。

「……好好喔，我也可以吃嗎？」

聽到仁美那麼說，阿優用叉子叉了一口蛋糕，送到她嘴邊。仁美大口吃下，細細品嘗，眼淚奪眶而出順著臉頰流下。安子微笑地看著兩人的互動。

「嗯，真好吃。對了……你常喝酒配起司對吧？我覺得幸福堂的生乳酪蛋糕和酒也很搭喔。」

「是喔……？」

然後，仁美開始講起蛋糕的事，不過言談間似乎仍有顧慮。阿優應該很想快點見到他的收藏品吧，但他還是耐著性子聽仁美說。

這下子應該沒問題了。

「那你們慢慢聊。」

安子說完後離席，進到廚房側耳傾聽兩人的對話。

「……那個……對不起啦。」

「我也很抱歉，做了那麼過分的事……」

因為安子不在，兩人的對話起了變化。互相道歉後的尷尬氣氛，不一會兒就消失了。

「對了老公，你知道有可以看到蒸汽火車的溫泉旅館嗎？」

「什麼？哪來的情報？」

「我在旅遊網站看到的，你看……」

「真的耶，我都不知道……我竟然漏掉這種情報，妳怎麼不早點告訴我？」

「你還敢說，我說要去旅行，你根本沒把我的話聽進去啊。」

「喔，是我不對……」

「要是以後也能像今天一樣聊很多，我會很開心的。我也會努力去了解你的興趣。」

「嗯，我知道了。」

兩人的心又靠在一起了。這麼一來，安子的作戰可說是成功了。安子朝著正忙於做蛋糕的阿創豎起大拇指，阿創露出開心的笑容。

約莫過了一小時，安子在幸福堂的店門前送阿優和仁美離開。阿優手上提著蛋糕紙盒和裝了書的塑膠袋，紙盒裡有當作下酒菜的蛋糕和買給女兒們的蛋糕，塑膠袋裡裝的是兩本昨天剛開賣的《軍用收藏》第三期。

「真的很謝謝妳的幫忙。」

仁美向安子低頭致意。

「別這麼說，歡迎妳隨時再來喔。」

「好，我會再來吃新版的古典巧克力蛋糕。」

「阿優先生也是，歡迎你再來喔。」

阿優聽了安子的話並未回話，但他看著安子，一副欲言又止的模樣。

「阿優先生，怎麼了嗎？」

「那個……妳提過的那個雜誌……」

「啊！請等我一下！」

安子完全忘了那件事。她慌張地回到店裡，拿來一本從布滿灰塵的雜誌堆中挖出來的寶。

「給你，就是這個。」

「喔，真的是它！」

阿優感慨萬分地看著那本舊雜誌，接著翻閱起來。

「我找到一百多本喔。之後會設置非賣品的專區，下次請你和仁美一起來吃蛋糕，順便看雜誌。」

「嗯，我會來的。」

雖然還想看下去，但他現在應該更想快點見到他的收藏品。阿優依依不捨地把雜誌還給安子。

「那麼，我們要趕緊回娘家拿回收藏品了。」

「好，路上小心！」

在安子的目送下，兩人踏上返途。今後他們會有怎樣的未來呢？

把收藏品放回房間後，如果房間又變成仁美討厭的亂七八糟的樣子，她受得了嗎？而且也不保證阿優不會再亂花錢，生乳酪蛋糕說不定不合他的口味。一擔心起來就變得沒完沒了。

正當安子想著那些事，兩人的身影早已轉進十字路口，消失在眼前。

「辛苦了，安子。看樣子很順利喔。」

安子轉過身，日向不知何時已站在那裡。

「嗯……」

「咦，怎麼了嗎？」

「他們回家後應該不會有事吧？我有點擔心。」

安子將心中的一抹擔憂告訴日向。

「原來如此。我說啊，《解憂雜貨店》不也是這樣，老闆對於客人煩惱的答覆只是給予動機，實際上解決問題的是當事者的心態對吧？真正地解決問題也許是明天，也可能是十年後。不過，安子已經給了相當足夠的動機囉。」

「也對……嗯，你說得沒錯！」

「我們回店裡吧，今天是星期六會很忙喔。」

「嗯！」

安子抬頭看向店面招牌，用力握緊拳頭。散發甜蜜氣息的巧克力色招牌上，「幸福堂」三個字今天依然閃亮。

第四章　母子的草莓鮮奶油蛋糕

五島亞理紗此刻的心情相當煩躁。

「真是的，要遲到了，快過來這裡！」

令她感到煩躁的對象是，五歲的兒子雄大。今天下午五點要到車站前的英語教室上課，時間只剩十分鐘，她已經穿上大衣準備就緒，雄大卻絲毫沒有要出門的樣子，依然坐在地上玩積木。

「你不遵守約定，媽媽要把積木丟掉喔。」

「不可以！」

「那你快點，要出門囉！」

眼見雄大還是不為所動，亞理紗使出最後手段，快步走向雄大，抓住他的右手臂強迫他起身。

「不要！我不想去‼」

雄大甩開亞理紗的手，迅速鑽過她的腋下溜走。

「啊，雄大！你別跑！」

雄大充耳不聞，腳步急促地跑出走廊，隨即傳來啪噠的關門聲，接著是喀嚓的鎖門聲。糟糕，他躲進廁所裡，這下子他是不會輕易出來了。

廁所的門只要用螺絲起子就能從外面打開，可是硬把雄大拖出來，他就會大哭大鬧。怎麼能讓他帶著哭腫的雙眼去上課？只好想辦法讓他自己出來了。

「雄大就要上小學囉，不乖乖聽話，以後就不能變成了不起的大人喔。」

亞理紗強忍著怒氣，盡可能好聲好氣地說。

「不知道啦！」

「媽媽說這些都是為了雄大好。」

「……」

交涉破局。門內傳來窸窸窣窣的聲音卻沒有任何回應，他已經完全進入封城狀態。

「算了，你要待在那裡的話，今天沒有晚飯吃喔！」

雄大的封城總是鬧很久，有時是待到肚子餓才出來，有時還會在裡面睡著。無論如何，今天的英語課是趕不上了，亞理紗只好無奈地打電話向教室請假。

昨天也是像這樣沒去上游泳課。聽說從小學游泳可以增強心肺功能、不容易生病，所以才讓雄大去學。亞理紗希望身體虛弱、一不小心就感冒的他，能夠藉此成為強壯的孩子。

英語課也是如此。在往後的國際社會，假如不會說英語就沒辦法找到像樣的工作。不，這麼說可能有點過頭，不過具備英語能力一定會成為很大的優勢。

亞理紗這麼費盡苦心栽培雄大，真的是兒女不知父母心。

「這孩子，我該拿你怎麼辦才好……」

既然不必接送兒子，亞理紗只好開始準備晚餐。今晚的菜色是薑汁燒肉，她把豬里肌肉用醬汁醃漬，接著切高麗菜絲。

五島家固定在六點半吃晚餐。眼看時間接近，亞理紗將醃好的豬里肌肉下鍋煎，滋滋作響的聲音中伴隨著薑汁的香氣。鬧封城的雄大也差不多快出來了吧？

「媽媽……我肚子餓了。」

果不其然！雙眼紅腫含著淚的雄大出現了。

雖然剛剛氣到說「沒有晚飯吃」，但真的讓孩子餓肚子那可是虐待兒童。也許那麼做會讓他學乖，有這樣的念頭也不是一、兩次，可是畢竟是自己的孩子，實在不忍心讓他受苦。

「手洗了嗎？」

「還沒。」

亞理紗關掉爐火，帶雄大去洗手。洗完手後，再噴除菌液。讓雄大坐上椅子後，接著擦拭餐桌。先用抹布擦，再拿除菌紙巾擦一遍。儘管冬天食物中毒的風險沒有夏天高，但因為不知道哪裡有細菌，還是謹慎為妙。當然，預防流感的對策也是滴水不漏，所以這個季節裡，家中有空氣清淨機功能的加濕器總是會開整天。

忙了一會兒總算把菜端上桌，度過只有兩人的晚餐時光。

當天晚上，也許是下午耗費太多體力，雄大洗完澡就睡著了。此時是晚上八點多。亞理紗的先生每天業務繁忙，所以這個時間還沒回到家，因此她覺得自己必須努力養育孩子，結果今天又對孩子大吼。

對著不想去上課的兒子大罵「沒有晚飯吃」，和他硬碰硬。每次都想要冷靜面對，但遇到孩子不聽話就理智斷線，出聲責罵。

「對不起喔……媽媽真是糟糕……」

看著靜靜熟睡的雄大，亞理紗輕撫他的頭流下眼淚。

她出身於貧窮的家庭。要說多窮，一天只吃學校營養午餐一餐是習以為常的事。就算難得有晚餐吃，身為五個孩子之中的老么，飯菜多半會被同樣飢腸轆轆的兄姐搶去，根本吃不飽。

或許是營養不良的關係，亞理紗的學業表現也不好，家裡當然也沒錢讓她去補習。話雖如此，父母也不曾教過她功課，所以她的成績總是在班上的後段。

她的父親經常換工作，在家的時候通常都在喝酒。雖然沒被父親酒後毆打過，但他也從未照顧她。母親也差不多，不只對教育漠不關心，拿考卷或成績單給她看，也只會「哦～」地敷衍了事。也許她不關心的不光是教育，而是亞理紗本人。

由於生長在那樣的家庭，亞理紗高中畢業就離開了家，之後寄住在男友家，或是找有包住的打工過日子。

在她二十二歲的時候，發生了可說是人生轉機的事，那就是遇見現在的丈夫。

當時亞理紗在某家公司從事兼職事務員的工作，她先生是經常出入公司的客戶，因此他們很常互動。聽說亞理紗的先生對她一見鍾情。

能夠嫁給這樣的丈夫，是她人生中唯一的大勝利。儘管年紀相差一輪以上，長相也不起眼，收入倒是很不錯，婚後住的大樓也是彼此認識的時候就已經買下。

亞理紗認為他讓自己擁有穩定的生活，是無可挑剔的丈夫。

不過，丈夫很忙，沒什麼時間照顧孩子。所以，她覺得自己必須好好養育孩子。她希望兒子將來一路順遂，即使失敗，也不能讓他和自己一樣辛苦。

偏偏事與願違……實際情況總是不如所願。雄大不肯乖乖聽話，參加考試也落榜，就算一星期讓他上六天課也沒用。

每次鬧脾氣，到頭來總會被原諒，難道是因為這樣，我說的話都不當一回事？一定是這樣沒錯。既然如此，以後我得更嚴格管教他才行。

——這麼做是為了不讓雄大重蹈我的覆轍。

看著雄大的睡臉，亞理紗狠下心作了這個決定。

◇

「現在馬上離開這裡！」

「可是……可是……」

「沒什麼可是不可是的，我說過很多次了吧？這裡是我們的，妳記得吧？我跟妳說過『要趕快想辦法解決』，結果妳卻欺騙我們，我們已忍無可忍了。」

「這是我的店！再給我一點時間……只要再一點時間，情況一定會好轉的，所以——」

安子正在看電視，她看的是幸福堂熱賣的小說翻拍的電視劇。從事經營顧問的主角，每集都會拯救快倒閉的店家，乍看之下是很死板的題材。不過，劇中有刺激的打鬥場景，也有感人的情節，穿插了許多令觀眾看不膩的橋段。

現在正播到重型機械逼近女店主拚命保護的店，準備進行拆除——這是今天的重頭戲。完蛋了！正當眾人這麼想的時候——

「到此為止吧！」

伴隨這句台詞瀟灑登場的是，由型男演員飾演的主角。高䠷的身材配上帥氣的臉蛋，簡直就是阿創加日向除以二的結合。

主角將偽造公文的證據攤在穿著俗氣西裝的男人面前，形勢頓時逆轉，最後壞蛋被一起現身的警官逮捕。

後來主角發揮經營顧問的長才，與女店主聯手重振旗鼓，這一段倒是很短。

在整個故事中，那一幕就像是結尾，重點是懲奸除惡的部分。

雖然不少人吐槽那又不是經營顧問的工作，不過包含那個部分在內的娛樂性仍受到觀眾支持。

「嗯，真是大快人心。」

安子關掉電視，拿起茶杯，但杯子裡已經沒有茶了。為了省電費沒開暖氣，離開暖爐桌去泡茶真的好冷。於是安子像蓑衣蟲似地鑽進暖爐桌，回想剛才看的劇情，對照起自己的境遇。

「雖然不像電視劇那麼戲劇性，不過阿創和日向說不定就是幸福堂書店這個故事的主角呢……」

當初因為阿創來幸福堂找書，讓她有了重新振作的念頭。不光是如此，當她遇到搶匪陷入人生最大的危機時，也是阿創適時出現救了她。

每天見到日向的笑容就覺得很暖心，而且可以和他聊小說也令她非常開心。更難忘的是，他大方出資整修費用。

因為他們的加入，收入也增加了。這麼想的話，安子真的好像故事的女主角一樣。

「不過啊，這是《我的人生》的故事，主角必須是我才對。」

至今發生過的戲劇性變化，大多是靠阿創的創作力和日向的財力，但安子也有自尊，往後再繼續依賴他們可不是好事。於是安子思考著：

「有什麼是書店可以做的事呢……」

現在她仍會和日向一起構思書店的擺設，像是設置「有趣推薦書」專區介紹兩人都讚不絕口的非暢銷小說，以及在地作家的專區。遺憾的是，那些專區的書從沒大賣過。賣得好的，果然還是熱門雜誌和翻拍成電視劇的人氣作品。

該怎麼做才能改變現況呢？

真希望大家挪出一些滑手機的時間來看書，也希望習慣上網買書的人到書店走走，更希望不看書的人能夠拿起書本翻一翻。

安子思考著怎麼做才能實現那些目標。

如果從小養成看書的習慣不就好了。那麼，小時候沒有閱讀習慣的大人呢？被那樣的父母養育的孩子，肯定很少有機會接觸書……

窩在溫暖的暖爐桌裡想著這些事，安子的眼皮逐漸往下沉。

隔天，幸福堂開店過了一會兒。

「啊～喉嚨好痛。」

安子拿起水壺喝水，接著吃喉糖。

「安子，妳怎麼啦？」

「昨天看完連續劇，我在暖爐桌裡睡著了。」

安子醒來時，流了一身汗。糟糕！她急忙換衣服，躺進被窩，結果還是搞到喉嚨痛。

「哎呀……這個季節很乾燥唷。」

「是啊，但我在想些困難的事，不知不覺就睡著了。」

安子邊用舌頭轉動喉糖邊回道。

「困難的事？」

「嗯。現在阿創的蛋糕已經賣到他快做不來了不是嗎？所以我在想接下來要改善書店的生意了。」

阿創的蛋糕仍是由他一手包辦，因此製作的數量有限。安子跟他提過好幾次想幫忙，總是被他用「我只做想做的蛋糕」回絕了。

就連聖誕蛋糕也不例外，能夠接受的預訂量一天只限十個。從二十三號到二十五號這三天加起來才三十個，難得遇到旺季卻只能賣出這樣的量。但阿創現在已經是從早忙到晚，他得獨自處理平日的工作加上預約的訂單，實在無法再增加數量。

說到聖誕蛋糕，幾乎都是常客預訂。生乳酪塔丟棄事件中的志保，儘管後來搬到比較遠的地方，也還是來預訂了蛋糕。不久前和老公在店裡和解的仁美也有預訂，當然是她喜歡的巧克力口味。還有一位客人不能漏掉，那就是神秘現身的高䠷貴婦，她竟然訂了五個。雖然不常來，但買蛋糕時總是出手闊綽，大概是買來送人的吧。

阿創的蛋糕很好吃，只要店開對地方就會有很多人買，安子的策略精準奏效。

目前蛋糕店的營業額已經達標，書店也得加把勁。

「原來是這樣啊，書店這邊確實還有成長的空間。」

「可是，我不知道該做什麼好……」

安子接著把昨晚思考的事告訴日向。

「沒錯……休閒娛樂的競爭很激烈，我每天也在想小說要如何贏過手機……這真是個難題啊。」

搭電車的時候、休息時間，以及晚上的自由時間，人們在短暫的空檔會拿在手上的東西，以前通常是報紙雜誌和書籍，如今幾乎是人手一機。透過手機畫面就能瀏覽電子書，那也是幸福堂的對手。

「日向也想了很多呢。」

「當然，紙本書是我們的生計來源啊。」

「不過，書又沒辦法像超市那樣舉辦特價活動。」

要吸引顧客上門，舉辦特價活動是最快速的方法。然而，書店不能那麼做，因為日本的書籍有「再販制度」，書店必須依出版社訂立的定價賣書，而書只要沒有污損也能在固定期間內退回。

「是啊，不能那麼做，如果降價促銷，很快就會虧錢了。」

就像日向說的，書的利潤比蛋糕低許多。假如被偷走一本書，為了彌補損失就必須賣出四本才行。因此，就算沒有禁止降價，書也不適合作促銷。

「那要不要試著擺些雜貨小物來賣？那個的利潤比書好，說不定有人買雜貨小物的時候會順便買書喔。」

「其實整修前我有擺過……完全賣不出去，只是生灰塵而已。」

所以現在只賣學校會用到的基本文具，而且空間大小也不似以往，目前有一半的空間屬於甜點店。

「這樣啊……因為我看到附近的大型連鎖書店縮減書本的陳列區，擺了很多雜貨小物。」

「欸，有這種事……」

大型連鎖書店那麼做絕對是基於合理的判斷。這麼說來，店內環境變整潔的幸福堂擺雜貨小物應該也會賣得不錯吧？可是，那不是安子的目標。

「但我還是想靠賣書一決勝負。要是還沒來過幸福堂，但將來會成為常客的人能夠上門就好了……」

就在此時，店門被打開，今天的第一位客人上門了。是一位女性帶著還沒上幼稚園年紀的小女孩。她們在童書區東挑西選，最後買了《好餓的毛毛蟲》[3]這本家喻戶曉的名作繪本。

這本繪本是在毛毛蟲吃過的水果上挖出實際大小的洞，翻閱時可將手指塞進洞裡當作毛毛蟲，也可透過洞窺看別人。不只是閱讀，還能夠親子同樂，這正是紙本書才做得到的事。

「對了！」

「怎麼啦？」

送走結完帳的客人，安子大叫一聲。

「你覺得辦繪本的體驗會如何？親子可以一起玩的繪本有很多喔，幸好我們

3.作者為艾瑞・卡爾（Eric Carle）。

店裡空間夠大。」

安子看了看內用區。因為店才剛開，店裡沒有半個客人，應該好好活用這個空間。

「體驗會？」

「嗯。日向知道赫克曼[4]教授嗎？」

「我不知道耶。」

「他是獲得諾貝爾經濟學獎的學者，他寫了一本很棒的書，我記得還有庫存……」

安子走出吧台，在實用書的架上找了起來。跟在後面的日向，一臉好奇地看著她。

「找到了，就是這本，《幼兒教育經濟學》。就像書腰上寫的一樣，書裡提到五歲前的教育會改變往後的人生。」

日向從安子手中接過書，隨手翻閱起來。正因為書名有「經濟學」三個字，所以主題是家庭經濟狀況等因素造就的兒童學力。此外，書中也主張除了讀寫計算的學習，親子溝通的情感教育也很重要。

雖然也有簡單介紹類似主題的書，但因為這是諾貝爾獎得主的著作，比較好對日向說明，於是安子選了這本。

「所以啊，親子一起閱讀繪本對孩子也是很棒的教育喔。」

「哦……總覺得有些意外呢……」

「你是指什麼？」

「原來安子除了小說，對這麼難的書也很懂。」

「你很失禮耶，我好歹是書店的老闆。」

雖然不知道日向是怎麼看待安子的，但她確實讀了很多書。見到安子鼓起臉頰氣呼呼的模樣，日向趕緊雙手合十說抱歉。

「好了好了不開玩笑了，我們三個都沒有帶過小孩的經驗，如果告訴家長是根據學者的推薦，我想會有不錯的反應。」

「真的嗎？日向這麼說的話，我就放心了。」

把書放回架上後，兩人回到吧台。

「告訴客人『親子一起讀繪本很重要喔』，把他們找來這裡，自然就有機會接觸繪本不是嗎？等孩子上小學會看有拼音的故事書，到時候也會需要參考書，

4. James Joseph Heckman，美國芝加哥大學經濟學家。

然後就一起買了……不過，成天念書會感到厭煩，所以要看人氣小說轉換心情，這麼一來就會培養出『書蟲』囉。」

安子說完一副自信滿滿的模樣。

「妳這是計畫性犯罪唷。」

「這才不是犯罪呢！」

「啊哈哈，我開玩笑的啦。妳的意思就是，要培養愛看書的忠實書迷囉。」

「嗯！讓孩子從小體會閱讀可以獲得上網得不到的體驗。」

那些孩子長大後，如果在工作上遇到問題，應該就會想到買商管書或專門書作參考。總之，希望當他們需要書的時候，自然會去書店——最好是來幸福堂。

「然後啊，將來等我變成老奶奶了，來過第一場體驗會的客人的孩子也變成這裡的客人的話，那是多棒的事啊。」

安子看著創業時就掛在店裡的大時鐘，想起小時候。「那孩子已經長得這麼大啦！」她清楚記得祖父晚年曾感嘆地這麼說。幸福堂的常客之中，有很多三代同堂的客人。

安子接手這家店還不到三年，做生意這條路，對她來說還很漫長。煩惱著要不要把店收起來的半年前，根本無心去想這些。如今總算有餘力去思考經營的事，所以才會對遙遠的將來產生期望。

「不過，剛才的小女孩就算三十歲生小孩，安子那時候還不是老奶奶吧？」

試算一下年紀，那時安子才五十多歲。

「呃……對啦。好吧，那就等她的孫子啦。」

「那時候妳已經一腳踏進棺材囉——」

「討厭！不要說那種話。」

安子用雙手摀住耳朵。現在連一起共度人生的伴侶都還沒有，變成老奶奶的事，實在是想太多。

「……是說，日向今天一直故意吐槽我。」

「抱歉抱歉，因為妳今天看起來很煩惱的樣子。」

原來是為了緩和安子的心情才吐槽。雖然覺得日向以前的反應比較溫和，但她不去想那些瑣碎的事了。

「算了，無聊的話先放一邊。反正我認為，讓孩子從小和父母一起讀繪本絕對是好事。」

「嗯，我也這麼想。」

後來兩人開始討論如何吸引客人上門，要舉辦怎樣的活動。到了晚上，阿創也加入一起想了各種方案。

◇

「嗯，今天也是好天氣。」

十二月第一個週六的早晨，天色明亮清爽。安子打開家中結露的窗戶，見到晴朗無雲的廣闊天空。稍過片刻，冷冽寒風刺痛臉頰。從建築物之間的縫隙隱約可見的北側遠山，山頂已積雪，真正的冬天近在咫尺。

今天是繪本體驗會的日子。

距離安子想到這個點子已經過了兩星期左右，由於再過不久就要進入年底的繁忙時期，她加快速度準備。

為了招攬平時沒來過幸福堂的人，特地印製了傳單。用傳單攬客是重新開幕以來，不，是安子接手書店以來的初次嘗試。印製數量是保守的四千張，花費約三萬圓。安子原本很擔心這次阿創也會反對，但或許是理解她想提升書店營業額的想法，他倒是很乾脆地答應了。

「不知道傳單有沒有夾好？」

安子從信箱取出報紙，當場翻找起來。

「有了……」

幸福堂的傳單夾在報紙裡。當初為了節省費用選擇黑白印刷，但在五顏六色的傳單中反而變得顯眼。

「客人看了會來嗎……」

安子帶著不安的心情準備開店。

進行體驗會的這段時間，店裡的內用區不開放，因此桌椅都被推到角落，地板鋪上彩色軟墊，以防小朋友跌倒受傷。

安子選了五本「非看不可！」的繪本，當中也包含自己小時候看過的繪本。

當然，庫存也準備充足了，要是客人看了喜歡就能買回家。

另外，她也設置了給家長看的育兒書特區。

「阿創，早安。」

「早啊，今天要用的點心已經烤好囉。」

「真的嗎？我想試吃！」

阿創取出的托盤上擺著熟悉的餅乾和第一次見到的杯子蛋糕，以及像雞蛋小饅頭的餅乾，還有為過敏小孩準備的點心。

準備點心的用意是希望今天來的客人不只成為書店的客人，也會成為甜點店的客人。

安子拿起一顆做給嬰幼兒吃的雞蛋小饅頭放入口中。

「嗯～真好吃！」

阿創初次嘗試的雞蛋小饅頭一入口便化開，香甜柔和的味道，是記憶中懷念的滋味。

體驗會的參加費包含點心吃到飽，親子一組五百圓。即使活動結束後賣出不少書或蛋糕，還是賺不了錢。不過，這次的目的是「培養書蟲」，藉由今天的活動培養日後長期買書的客人才是重點，所以不能只用一次活動的損益判斷得失。

安子緊張地等待開店時刻的到來，透過玻璃窗看到一對母子。距離開店時間還有十分鐘左右，待在外面應該很冷吧？安子開門出聲詢問：

「早安，您是來參加繪本體驗會嗎？」

「啊，對。」

對方隔著口罩以含糊不清的聲音回應。

「外頭很冷，請進來裡面等。」

那對母子一進到店裡，被帶來的小男孩立刻在走道上跑來跑去。或許是覺得店內的東西都很新奇，看到蛋糕櫃發出驚嘆聲，跑到童書區亂翻書。儘管被媽媽斥責：「喂！不可以亂跑。」但他根本聽不進去。要是不小心跌倒撞到頭就糟了，於是安子開口說：

「那邊有很多繪本，我們去那邊吧。」

「嗯！」

小男孩回道，剛剛還戴在他臉上的口罩不見了。

「你叫什麼名字？」

「五島雄大！」

「雄大啊，你好活潑喔。」

安子牽著雄大的手帶他到體驗會的場地，已經做完登記的媽媽正等在那裡。途中她撿起掉在走道上的口罩，應該是雄大剛剛脫掉的吧？

之後隨著時間過去，客人陸續上門，活動正式開始。

現場不時傳出歡呼聲，安子和日向說明繪本的精采部分與玩法。沒多久店內各處都能見到爸媽抱著坐在膝上的兒女，一起開心地閱讀繪本。可以互動的繪本果然很受歡迎，大人小孩的笑聲此起彼落。

一小時的活動很快就結束了。

劃下句點。

成果揭曉，因為有夫妻共同參與，也有帶著兄弟姐妹參加的家庭客，參加者是六組親子共十五名。如同安子所想，有些客人買了繪本或蛋糕，活動在盛況中

關店後，安子癱坐在後院的椅子上，臉露疲態。從前幾天的準備到今天的忙進忙出，加上下午不斷招呼上門的客人，她一直處於緊繃的狀態。

「繪本體驗會很成功，真是太好了。」

「嗯，不過……應付小孩子比我想像中還累呢。」

日向也是一臉疲憊。除了朗讀繪本，他還陪家長和小朋友玩，簡直就像幼稚園的保母，表現得非常出色。

「對了，今天的收支如何？」

傳單背面有蛋糕的宣傳，所以費用是書店和甜點店各出一半。阿創也出了一半的錢，想必很在意成果吧。

「因為發傳單又買了備品，單看今天的收支果然是赤字……但這個本來就是以長遠眼光策劃的活動。」

為了培養將來的書蟲，這麼做很值得。而且，或許是傳單起了效果，下午到

傍晚這段時間，內用區幾乎是客滿狀態。從營業額來看，創下了最高紀錄。安子報告完後，用撒嬌的眼神看著阿創。

「我今天很努力對吧？」

「啊，是啊，妳今天很努力……」

突然被那麼一問，阿創感到訝異。

「所以啊……」

「所以什麼？」

「這個蛋糕是我的囉！」

話一說完，安子把桌上唯一的蛋糕移到手邊。

「欸，等等！那個要分成三等份吧。」

「什麼～？」

安子一臉遺憾地看著眼前的蘋果蛋糕，那是阿創用反轉蘋果塔重新調整配方的作品。

「啊哈哈，安子，我那份給妳吃吧。」

「日向真體貼！」

安子說完露出燦笑，接著看向阿創。

「阿創平常也試吃很多了吧？」

「這是兩回事……好啦好啦，都給妳。」

在安子可怕的笑容逼迫下，阿創還是屈服了。

「謝謝！」

話才說完，安子立刻品嘗把當季蘋果烤成焦糖色澤的蛋糕。加熱後甜度增加的蘋果，撫慰了安子疲勞的身體。安子很快地吃掉一半後，

「嗯～好～好吃。」

停下手中的叉子。

「是說，有一對母子讓我很在意……」

「啊，妳是說那個活潑的小男孩吧？他是叫雄大嗎？」

「對對，我搞不懂他們到底來幹嘛的。」

儘管天氣很冷，他們還比開店時間提早十分鐘來。原以為是熱中教育的媽媽，但她只是把繪本交給兒子，根本不唸給他聽。偶爾會在安子或日向有空檔的時候聊幾句，其餘時間都在罵孩子「乖乖坐好別亂跑」，擺出一副「反正人已經帶來，其他事就交給你們了」的模樣。

動不動就用濕紙巾擦雄大的手，這件事也令人印象深刻。

而且，難得的點心吃到飽，吃的人也只有媽媽。試著詢問「請問您的孩子有過敏嗎？」她只是冷淡地說：「我家不給小孩吃甜食。」雄大只能眼巴巴看著媽媽吃，安子心想：既然這樣，媽媽應該也要忍著不吃才是。

天下父母的育兒觀念百百種，況且安子還沒養育過孩子，但她還是覺得那位媽媽的做法很奇怪。

◇

三天後，雄大再次造訪。小小的他用雙手打開沉重的店門，獨自進到店裡。

「咦，雄大？你媽媽呢？」

「我來幫忙買東西！」

活力十足地回答完問題後，雄大隨即從童書區拿來一本戰隊英雄的書。

「請給我這個！」

「雄大會自己買東西，你好棒喔！」

「嗯！」

雄大從掛在脖子上的小錢包取出圖書卡結帳後，踩著輕快的步伐離去。

可是，才過了一分鐘，淚眼汪汪的雄大跟著母親亞理紗上門了。

「不好意思……我兒子買錯東西了，請問這個可以退貨嗎？」

「啊，這樣啊，當然可以……」

那本書才剛賣掉，幾乎等同新品，小孩子買錯東西也是難免的事。但已經扣款的圖書卡無法退款，所以安子從收銀機拿出現金，結果亞理紗拿了別本書來。

「其實我是叫他來買這個……」

擺在吧台上的，是小學二年級的生字練習簿。上週他們來參加的繪本體驗會是針對學齡前兒童舉辦的活動，現在學這個對雄大來說應該還太早。

「雄大有哥哥或姐姐嗎？」

「沒有，他是獨子。」

「這是小二生在用的練習簿，您確定要買嗎？」

「啊，沒關係，他已經學會小一的生字了。」

超前學習的家庭確實不在少數。安子把扣除差額的圖書卡還給亞理紗。

「雄大，回家囉！」

本來還在想怎麼沒看到雄大，原來他站在安子背後那一側的蛋糕櫃前。

「媽媽，我想吃蛋糕！」

「不可以，我不是說過吃甜的會蛀牙。」

「討厭！人～家～想～吃！」

「不可以就是不可以！」

雄大鬧起脾氣，亞理紗抓住他的手臂，拉著他走出店外。

幾天後的下午，雄大又獨自來到幸福堂。今天他穿著幼稚園的藍色罩衫，大概是下課順道過來的吧。可是，沒看到接送他的亞理紗。

「雄大，你今天也是自己來嗎？」

「嗯！」

回完話，他馬上跑到童書區。今天也是來幫忙買東西的嗎？安子離開吧台，走到雄大身邊。他又在看前幾天那本戰隊英雄的書。

「好酷喔！」

「嗯！超酷的。妳看，像這樣，要這樣做喔。」

雄大表演英雄變身時的動作。

「哇啊，你好厲害喔！對了，雄大今天也是來幫忙買東西的嗎？」

「不是喔！」

的確，他不像上次那樣脖子上有掛小錢包。那他到底來幹嘛呢？這麼說來，他今天也沒戴口罩，感覺很神經質的亞理紗一定會讓他戴才對。所以，他是自己一個人從幼稚園來這裡囉？正當安子陷入思考時，雄大已經放下翻開的書，跑到蛋糕櫃前。

「我最喜歡蛋糕了！白白軟軟，又香又甜，很好吃喔。」

「對啊，蛋糕很好吃呢。」

安子邊回話邊想，亞理紗到底在哪裡。上次她很快就來退貨，應該就在店的附近等候，可是今天絲毫沒有那種跡象。

之後又過了幾分鐘。

安子對看著蛋糕櫃的雄大逐一說明蛋糕的口味，這是生乳酪蛋糕、這是巧克力蛋糕……就在此時，店門被用力地打開。

「雄大！真是的，你怎麼跑來這裡！快點去上游泳課了。」

怒氣沖沖的亞理紗快步走向雄大。

「不要！我不要去！」

雄大躺在地上揮舞手腳奮力抵抗，一副我就是不去的模樣。看他這個樣子，以亞理紗的力量很難拉得動他。在店內其他客人的注視下，亞理紗蹲下身想安撫雄大，但他完全聽不進去。

最後，等到雄大靜下來被帶走時，已經過了十分鐘以上。他來得及上游泳課嗎？

到了隔天。

雄大終究還是做出了脫序行為。

店外出現小小的人影，安子拉拉日向的衣角，日向也朝門口看去。

「日向，他又來了。」

「怎麼會這個時候來……」

時間是快要關店的晚上七點前。現在是冬季，天色已全黑，雖然商店街被閃亮亮的燈飾和燈光照得通亮，但那麼小的孩子不該在這個時間獨自在外走動。他穿的不是昨天的幼稚園制服，應該是從家裡來的。

「這個時間你怎麼會來？」

安子蹲在雄大面前，看著他這麼問。

「我來看漫畫。」

「你媽媽呢？」

「她不在喔。」

無視於安子的擔心，雄大自顧自地跑向漫畫區，在書架前走來走去。他好像在找什麼。為了不驚動雄大，安子躲在他背後觀察。

沒多久，他似乎是找到想看的漫畫，將平放的書當作桌子擺在上面翻閱起來。說到這兒，一般書店會為了防止客人看免錢書，把書用塑膠袋封裝，但幸福堂並未那麼做。安子的祖父曾說看免錢書也是一種文化，她父親遵從那樣的交代，所以她也想延續下去。

觀察了一會兒後，正在翻書的雄大停下手。大概是看到有興趣的一頁，但他沒有繼續看下去，反而頻頻偷瞄吧台。

這感覺怪怪的。

正當安子打算出聲叫他而走上前的瞬間——

「咦?!」

她忍不住驚訝輕呼。雄大竟然從漫畫上撕下一頁，塞進口袋裡。

「喂！你在做什麼！」

安子的怒斥讓雄大嚇了一跳，他馬上往門口的方向跑去。雖然對方是小孩子，但因為彼此有保持距離，安子還是追不上他。

「日向，快抓住他！」

「怎麼啦？」

「抓住他就對了！」

聽到安子的呼叫，等在門口的日向抓住了雄大。儘管雄大拚命想掙脫，但日向是男人，畢竟和亞理紗不同，瘦歸瘦還是很有力氣。或許是明白抵抗也沒用，雄大很快就安靜了下來。

「安子，發生什麼事了？」

「你看這個。」

安子把被撕頁的漫畫拿給日向看。這麼一來，這本漫畫已經不能賣了。日向了解狀況後，默默點頭示意。

安子看著在日向懷中的雄大開口問：

「可以讓我看一下你放進口袋裡的東西嗎？」

「我什麼都沒拿！」

雄大的回答彷彿默認偷了東西，但安子不想強迫他，希望他主動交出來。

「如果是這樣就好。我只是確認一下，讓我看一下好嗎？」

安子直盯著雄大的雙眼。也許是受不了那樣的注視，雄大從口袋裡拿出一張變得縐巴巴的漫畫內頁。

「你知道不可以做這種事對吧？」

雄大點點頭不發一語。

「為什麼要這麼做？」

「……」

雄大低著頭，不願意開口。安子讓他坐在內用區，即使花時間等待，他始終保持沉默。時間就這樣一分一秒地過去。

已經過了關店時間的七點。

「怎麼辦才好？」

安子看了看坐在身旁的雄大，嘆了口氣這麼說。

「嗯～傷腦筋，也不知道怎麼聯絡他的家人。」

「就是說啊，上次他媽媽只留下姓名和年齡……」

因為沒辦法聯絡亞理紗，安子試著問雄大住在哪兒。但可能是怕被罵，他只說「我不想回家」，然後什麼都不肯說。

安子心想，這下子得找警察了。

「雄大！原來你在這裡。」

「砰！」的一聲，店門被用力打開，亞理紗出現了，面色憔悴的她快步走向雄大。孩子在這個時間不見，她想必急壞了，她一定很想緊緊抱住心愛的兒子。為了不打擾這對母子重逢，安子站起身，和雄大保持些許距離。

沒想到亞理紗卻是站在雄大面前，氣呼呼地瞪著他。

「真是的，你為什麼跑掉？媽媽覺得好丟臉。」

「……」

實在太奇怪了，這不是擔心孩子的母親會說的話，而且雄大依然低著頭。

「那個……亞理紗小姐，可以請您過來一下嗎？」

看來這件事不會太快結束。安子請亞理紗坐到雄大旁邊的椅子上，原本想要拉走雄大的亞理紗一臉困惑地坐了下來。

「聽您剛剛說的，雄大是上課上到一半跑來這裡是嗎？」

「是那樣沒錯……」

「他為什麼會跑來這裡呢？」

「這要問他才知道。」

你是怎麼了？亞理紗搖晃雄大的肩膀，但他還是一個字也不說。

「其實是這樣啦，雄大把這個的內頁撕下來打算帶回家。」

安子拿起放在桌上的漫畫，翻到被撕掉的那一面。

「我兒子才不會做那種事，請妳不要故意找碴。」

父母肯定都不希望發生這樣的事，但這是事實，於是安子把剛剛發生的一切詳細地告訴亞理紗。

「妳有證據嗎？」

亞理紗雙臂交叉於胸前，擺明不相信安子的話。

「有喔。」

這店雖然不大但還是有裝監視器，是整修的時候裝的。安子用日向拿來的筆電播放拍到的影像，亞理紗這才接受了事實。

「雄大……你知道自己做了什麼事嗎？」

她抓住想逃跑的雄大的手，緊盯著他瞧。

「……」

雄大仍然不發一語。亞理紗用力搖晃他的身體不斷逼問「你為什麼要做那種事？」、「你不說我怎麼知道‼」這一幕看了真教人揪心。

可是，雄大還是毫無反應，亞理紗轉而看向安子。

「這個……我會買下來，請妳不要報警……」

雄大只是個幼稚園的孩子，安子從一開始就沒打算那麼做。

「我當然不會報警。」

比起那個，她更在意雄大這麼做的理由。

「亞理紗小姐，可以請教您一件事嗎？」

「什麼事？」

「您是不是為了養育小孩感到相當煩惱？」

儘管做錯事的是雄大，原因卻是身為母親的亞理紗。安子不禁這麼想，所以才會那麼問。

「如果您不介意，可以和我聊聊嗎？」

此時機靈的日向立刻說：「我們去那邊玩吧？」巧妙地帶走雄大，雄大因而幸運逃離現場。看著離去的雄大，亞理紗開了口：

「其實……那孩子完全不聽我的話……」

大概是在參加繪本體驗會的時候，看到很多家長找安子商量，又或許是一直沒機會向人傾訴煩惱，亞理紗毫不猶豫地說出心裡話。

「像是什麼情況呢？」

「他很討厭上課，總是靜不下來，像今天這樣中途跑掉已經好幾次了。我是為了他的將來，才讓他每天去上課的……」

「您是說，每天嗎？」

「嗯，幾乎是每天，除了星期一。」

沒想到雄大還那麼小，一星期要上六天課。

「他每次蹺課我都會罵他，結果卻變成硬碰硬。罵完他後，我會覺得很沮喪，然後又忍不住動怒……不過，我不說他就不會做，該怎麼做才能讓他乖乖聽話。」

「這樣啊……」

由於母親的過度期待，使雄大承受了許多壓力。說不定是因為想反抗，所以才會做出蹺課、撕書的行為。

小孩子出現那樣的行為，也有可能是想引起父母的注意。不過，這種問題要找專業的心理諮詢師解決。安子是書店店員，她想著自己能為這對母子做些什麼。

「對了，亞理紗小姐，您知道《北風與太陽》的故事吧？」

「當然。」

「為了讓旅人脫掉斗篷，北風猛力地吹風，結果遭到抵抗；另一方面，太陽發出溫暖的陽光，卻讓旅人主動脫去斗篷。」

亞理紗聽了，露出「現在說這些幹嘛」的表情。安子話中的涵義，她似乎沒聽懂。

「想讓孩子變得聰明懂事，不是只有用力吹風那種強硬的方式。」

說到這裡，亞理紗總算察覺自己做得太過頭，她面露驚色，用左手遮住嘴。

「我是……北風……」

「如果您是為了雄大不聽話而煩惱，應該打造讓他想要主動去做的環境。」

「那我應該怎麼做……」

「您身邊有可以商量的人嗎？」

「我娘家有點遠，要搭飛機才能到，我老公每天都加班，六日經常不在家……」

看來她身邊沒有可以商量的人。現今已是小家庭為主的時代，這種情況不足為奇。

「那麼，我們試著請教其他前輩吧。」

請您等我一下喔。安子說完後，從書店那邊拿來幾本育兒書。

「您看過這類的書嗎？」

亞理紗搖搖頭。

「孩子還小的時候我看過育兒雜誌，最近都是看教材，這類的書很少看……」

「這樣的話，您看看這本。」

安子拿起《幼兒教育經濟學》。

「這本書簡單扼要地說明重要的事，像是除了智商那樣的認知能力，幹勁、忍耐力、協調性這些非認知能力也很重要。」

「意思是……」

「讀寫計算的學習固然重要，但懂得忍耐、能夠和周遭的人合作也很重要。妳想想，就算會計算，假如靜不下心坐不住，考試還是會考零分對吧？」

「沒錯……」

亞理紗的視線游移不定，應該是想到今天蹺課的雄大。

「書裡提到為了發展非認知能力，親子的互動很重要。一起去公園玩，或是唸繪本給孩子聽都是不錯的方法。」

「不過，上次來這裡我有給他看繪本了啊。」

那天亞理紗沒有唸繪本給雄大聽，那麼做只是把一疊紙交給他而已。

「不能只是給他看，要把繪本當作一種媒介，親子一起開心地體驗。」

亞理紗認為帶雄大來參加繪本體驗會，就是盡了父母的義務。但，那是錯誤的想法。

「可是……」

「您不知道怎麼做對吧？這種時候可以參考這本書。」

安子交給她一本日本女性作者寫的書，內容更淺顯易懂。

「這類書的作者都和亞理紗小姐一樣有過育兒的煩惱，他們反覆嘗試、經歷失敗，以教育者的身分努力想辦法克服。每本書都是前人的智慧結晶，看了就能從別人的經驗獲得相同感受，您覺得是不是該讀一讀呢？」

不過，每個人的想法各不相同，也有人持反對意見。因此，必須以適不適合自己的考量去選擇取捨。市面上類似的書太多，有時反而會不知道該看哪本好。這種時候您可以問我，安子如此說道。

「請您看看那邊。」

安子看向店內，雄大正在和日向玩。

「剛剛看起來很傷心的雄大，現在玩得那麼開心喔。」

他們用捲起來的紙當作武器，玩起戰隊英雄遊戲。當然，扮演怪物的是日向。他被只有他們看得到的光束射中後，誇張地往後仰，兩人的表情生動活潑。

「沒想到雄大他……」

看到雄大活蹦亂跳玩耍的模樣，不知道亞理紗的內心有何感受，但她的目光久久沒有移開。

「學習很重要，不過讓孩子去體驗現在才做得到的事也一樣重要喔。亞理紗小姐很用心在養育雄大，可是您太認真了，所以會不自覺地勉強自己。這樣勉強自己當個好母親，您不覺得快要喘不過氣了嗎？這時候放鬆一下沒關係的。既然討厭老是生氣的自己，那就減少發生會生氣的事，陪雄大開心地玩一玩，那也是一種教育。」

「玩也是……教育……」

活動身體可以鍛鍊體力，身體撞到某處會記住痛的感覺，和朋友一起堆沙堡可以學習如何社交。沒有玩具就自己創造遊戲，培養無限的想像力。孩子就是像這樣邊玩邊學，逐漸成長。

「不過，『生氣』和『責罵』是兩回事喔。所以，當孩子做錯事時，請好好罵他；反之，當他很努力的時候，請好好稱讚他。看到媽媽開心，雄大也會開心；看到媽媽難過，雄大也會難過的。您也不想讓雄大傷心對吧？所以，您要讓自己開開心心才行。」

始終看著雄大玩耍的亞理紗，轉過頭對安子說：

「我一直以為育兒是一種試煉。我小時候過得很辛苦，所以我不希望這孩子和我一樣辛苦。我希望他獲得幸福，所以才會拚命地……」

亞理紗讓雄大一星期上六天課，其餘時間還要學習國小的課業，她狠下了心進行嚴格的教育。

——這都是為了雄大將來的幸福。

「可是，我反而讓雄大那麼辛苦……」

說完後，亞理紗的眼淚一顆顆滑落。安子輕輕把手放在她肩上。

「亞理紗小姐，沒關係的。雄大長大後，小時候的回憶會變得很美好，因為他知道亞理紗小姐是很認真養育他的媽媽啊。」

「但是……雄大可能只會記得被我罵的事……」

「您別想太多，要是您覺得讓雄大感到很辛苦，那就用快樂的回憶來消除。以後請和雄大一起製造許多愉快的回憶。」

即使無法改變過去，還是可以改變未來。不僅如此，過去傷心的回憶也可以用快樂的回憶來消除。

兩人的人生還很漫長，現在開始慢慢去做快樂的事，日後回想起來，心中會充滿多采多姿的溫暖回憶。

「妳說得沒錯，只要以後製造愉快的回憶就好了……」

「就是說啊。您快過去雄大那邊吧。」

安子輕輕推了亞理紗的背。

「……好。」

亞理紗用手帕拭去眼淚，走向雄大。她蹲下來看著雄大，他玩到滿臉通紅，眼神閃閃發亮。這樣的他對亞理紗來說，是無可取代的寶貝。

天底下沒有哪個父母會想傷害自己的心肝寶貝。

「雄大，對不起喔。」

亞理紗抱住搞不清楚狀況而愣住的雄大。面對突如其來的擁抱，感到困惑的雄大起初有些抗拒，但他很快就接受擁抱，將臉靠在母親的肩上。

亞理紗更用力地抱緊雄大。

此刻的擁抱比以往的力道更強烈。

也更加溫柔。

◇

十二月已經過了三分之一，正是年底忙碌的時期。

商店街的米店、酒舖，以及超市這些店家都為了歲末年初的預約和商品準備，忙得不可開交。直到去年，幸福堂始終與這股忙碌的氣氛無緣，不過今年有聖誕蛋糕的訂單要處理，只是蛋糕的預訂已經結束，今年果然還是沒那麼忙碌。

即便如此，心情還是很亢奮，大概是因為附近的車站有大型的聖誕樹燈飾，店外的街道到了晚上會發出閃耀的燈光。

就在年關將近的某一天。

「我想預訂生日蛋糕。」

上門的客人是亞理紗和雄大。

「您是說，生日蛋糕嗎？」

安子忍不住複述了那句話。

「這個月二十號是這孩子的生日。」

「我記得您說過甜食……」

安子記得亞理紗禁止雄大吃甜食。上次雄大說想吃蛋糕的時候，她拒絕了他的請求，參加繪本體驗會那天，就連點心也不給他吃。

「我解禁了，反正吃完再刷牙就好啦。」

亞理紗說完後，展開笑容。那天過後還不到一星期，她已經有了驚人的轉變。

可見亞理紗改變了對待雄大的方式，安子也跟著露出微笑。

「太好了，雄大。」

「嗯！」

「請問您要訂怎樣的蛋糕呢？」

安子拿出常備蛋糕的目錄，可是雄大看都不看就說：

「白白軟軟的蛋糕！」

那不會是——

「我要訂草莓鮮奶油蛋糕。」

聽到亞理紗那麼說，安子整個人僵住了。

——草莓鮮奶油蛋糕——那是阿創堅持拒做的蛋糕。

該怎麼辦才好？想找人商量，偏偏日向出去買東西不在。要是問阿創，一定馬上會被回絕。安子不知如何是好，非常苦惱。接下這筆訂單好嗎？她是很想接，可是不能接受無法完成的訂單。兩種不同的想法在安子心中激烈碰撞。

然而，見到雄大閃閃發亮的雙眼，安子實在無法拒絕。

「該怎麼辦才好……這個……」

當她回過神時，早已寫好預訂單，亞理紗母子也離開了。

約莫一小時後，安子立刻拉住買完東西回到店裡的日向。

「日向，我該怎麼辦！」

「怎、怎麼了嗎？妳怎麼這種表情。」

「我接下了草莓鮮奶油蛋糕的預訂。」

「蛤？阿創答應了嗎？」

「……還沒。」

她很害怕根本不敢問，想也知道阿創一定會說他不做。

「這下麻煩了……」

「因為是那孩子訂的，我實在沒辦法拒絕……」

安子把預訂單交給日向，他仔細地從頭看起。商品是草莓鮮奶油蛋糕，價格是時價，取貨日是二十號的下午四點左右。看到最後的預訂人姓名後，日向總算明白了。

「雖然那對母子來訂蛋糕是很大的進步，但妳也不能接下無法交貨的訂單啊。而且，二十號是店休日喔。」

「啊……」

滿腦子想著草莓鮮奶油蛋糕的事，完全忘了店休日那麼重要的事。

「可是我真的拒絕不了，看到雄大期待的臉……」

那對母子的關係好不容易改善了，她實在不想潑他們冷水。

「好吧，我們一起拜託阿創看看吧。」

「嗯……」

來到廚房，阿創一如往常專心地製作蛋糕。

「阿創，打擾你一下……」

「什麼事？」

「我接了一筆蛋糕的訂單。」

安子拿出寫著草莓鮮奶油蛋糕的預訂單，阿創停下手邊的工作，看了看那張預訂單。

「我拒絕。」

阿創背對安子，繼續未完的工作。雖然預料到他會是這種反應，但安子心中仍抱有一絲期待，所以遭到拒絕，她還是很難受。

「安子這麼做是有原因的，你可以聽一下她為什麼要接受這筆訂單嗎？」

「哥你很清楚吧？我不能做的理由。」

「嗯，我當然清楚，但還是想拜託你。」

「總之就是這樣了。」

阿創一副「不用多說」的模樣，冷冷地拒絕了他們。可是，不能就此妥協，於是安子對著阿創的背影，說明接受訂單的始末。

「你聽我說，上次不是有提到一個叫雄大的小男孩嗎？他母親一直不讓他吃甜食，而且他才念幼稚園大班卻每天都要上課，搞得親子關係很緊繃。前陣子他們在店裡和解了喔。那對母子第一次預訂了蛋糕，我怎麼能拒絕他們嘛！」

「……」

阿創聽了毫無反應。

「阿創，一次就好……就做這一次，拜託你！」

「……」

阿創依舊沒有回應，像個機器人似地繼續做他的工作。

「……算了。既然這樣，我去買別家的蛋糕來賣他們。」

「不可以。」

「那，我自己做。」

「我絕不答應。」

「那你說……該怎麼辦才好？」

「取消這筆訂單。如果改成別種蛋糕我就做。」

阿創還是很堅持。

「算了！」

安子氣到甩頭離去，匆匆衝出廚房。

◇

幾天後，距離取貨日只剩一星期的週三。

這天是店休日。安子搭電車到車程約二十分鐘的總站，在某家餐廳和朋友們開尾牙趴。平時因為工作很少見面的朋友，大夥兒嬉笑胡鬧玩得很開心。不過，想到明天還得開店，只好忍痛放棄續攤，踏上返家的路。

下電車後，佇立在車站圓環的植物三兄弟裝置藝術，今天還是一副裝模作樣的表情迎接安子歸來。她徒步返家，吹著冷冽的晚風讓喝了酒發燙的臉頰降溫。

過了紅綠燈，穿過站前商店街的拱廊，白色的燈飾照亮安子，從這裡走回幸福堂還有數十公尺。

當她從後門進入後院時，看見廚房透出燈光，但今天明明是店休日。

「咦？是阿創，今天休息他還待到這個時間……」

不過，安子很猶豫要不要和他打招呼。自從那天接受草莓鮮奶油蛋糕的訂單後，她和阿創的關係變得很尷尬。已經連續好幾天，彼此之間只有工作上的對話。

她很清楚不能再這樣下去。先不管草莓鮮奶油蛋糕的問題，為人們慶祝喜事的蛋糕店，店員怎麼能面帶愁容？客人一定會察覺店員內心的煩悶。

所以，她必須和阿創和好才行。過去幾天都開不了口，現在正好借酒壯膽，安子下定決心走進廚房。

「阿創，這麼晚了你還在忙啊？」

「嗯？啊……已經這麼晚啦。我想到一款加了白蘭地的點心。」

沒想到他的反應就和平常一樣，安子鬆了一口氣。不過，一想到什麼就馬上動手做，果然是職人性格。

阿創身旁擺著像是長崎蛋糕的四方形長條蛋糕，大概是他試作的點心吧。從切面可以看到有葡萄乾。

「這個，我可以試吃嗎？」

「喔，可以啊。」

為了方便安子吃，阿創把蛋糕切成約兩公分厚的大小，拿起來才發現比外表更有份量。表面的色澤烤得很漂亮，偏黃色的蛋糕體相當扎實，看起來好好吃。

「我要開動了。」

吃下一口，濕潤的蛋糕所含的馥郁白蘭地酒香充滿口腔。然後，藏在蛋糕裡的碎果仁——大概是核桃的風味接續而來。這是成熟的大人滋味，好想搭配酒體厚重的葡萄酒。

「真好吃……」

店休日的夜晚，時間緩慢流動，安子沉醉在短暫的成熟時刻。

阿創做的甜點，味道真是一等一。

吃了之後，越來越想吃了。

——阿創做的正統草莓鮮奶油蛋糕。

「阿創。」

「幹嘛？」

「我好想吃阿創做的草莓鮮奶油蛋糕喔。」

「又來了……」

「你為什麼……不肯做呢？」

上次阿創不是說「不做」草莓鮮奶油蛋糕，而是「不能做」。為什麼不能做？安子很確定不是技術上的問題，可是不知道根本的理由，她就無法解決眼前這個大難題。

「妳也會有一、兩件不想跟別人說的事吧。」

「這個嘛……」

的確是有。於是，安子改變問的方式。

「既然這樣，理由就算了，你不能想成是為了喜歡幸福堂的客人去做嗎？」

「辦不到。我不是任人使喚的雜務工。」

阿創的固執令安子不禁面露苦色。她認為盡可能達成客人的期望是專業人士的義務，這才不是雜務工。讓她了解到這件事的人，正是阿創。

「那我問你，你是為了誰做蛋糕呢？」

「我只做想做的蛋糕，就只是這樣而已。」

「你又來了。你知道嗎？蛋糕是為了客人而存在的喔。」

家庭聚會、派對，還有結婚等重要節日，蛋糕的周圍總是有一群開心歡笑的人們。

「我知道。」

「不，你根本不知道！」

「我說我知道!!」

阿創的聲音響遍廚房，但安子沒有被他嚇到。

「做出客人期望的東西不是職人的義務嗎？阿創拒絕去做，就是因為你不為客人著想啊！」

「不是這樣。」

「就是！」

「我說了不是！」

阿創揪住安子的左手臂，把她拉近自己，另一隻手緊緊抓住她的右肩。

「看著我的眼睛。妳覺得我像是不在乎客人的人嗎？」

安子抬頭看阿創，看著他那雙彷彿會吸人的深邃黑眸。好近，太近了，近到似乎可以看見他眼底浩瀚的宇宙。稍過片刻，飄來一陣像是奶油混合糖漿的香甜氣息，阿創出乎意料的舉動讓安子心臟狂跳。

他們就這樣互相凝視對方。

安靜的廚房內只聽得到水龍頭滴落的水滴聲。

十秒、二十秒。

站在冰冷的廚房裡感受到阿創的體溫，甚至是他的心跳，安子覺得身體逐漸發熱，但她的視線沒有離開阿創。

三十秒、四十秒。

阿創的眼神始終堅定，這雙眼睛肯定不會說謊。對了，阿創雖然手藝好，對其他事情都很笨拙，這麼一來就說得通了。

大概過了一分鐘，阿創的大手仍然緊抓著安子纖細的手臂和肩膀。

「……我的手，好痛喔。」

阿創一驚，趕緊放開安子。

「抱歉……」

被阿創放開後，冰冷的空氣撫過臉頰，發燙的臉頰稍稍降溫。

「我也……有點說得太過分了。每次我邊吃蛋糕邊說好吃的時候，阿創都會露出開心的表情，這樣的阿創怎麼可能不為客人著想。」

剛剛還靠得那麼近，現在分開了反而害羞到無法直視阿創的臉。

「對了。你等我一下。」

安子轉過身，憑藉廚房透出的燈光，走往漆黑的店內，接著從吧台取出一個資料夾走了回來。

「你看，因為你很少到外場，我就收集了這些，全都是客人的意見。」

安子手上拿的是收集了客人意見的資料夾。為了平時沒和客人互動的阿創，安子作了問卷調查。雖然當中有嚴格的批評，但大多數都是「好好吃！」、「還想再吃」等誇獎蛋糕的好評。

阿創接過資料夾，坐在板凳上翻閱。看到其中一頁，他的手突然停下，那是以生日蛋糕為主角，一家人圍著蛋糕歡笑的照片。阿創直盯著那張照片看。

安子也拉了張板凳坐在阿創身邊，低頭看向資料夾。

「我們做了受到這麼多人感謝的事喔。」

儘管平時是為了客人做蛋糕，但他應該是第一次看到自己做的蛋糕被客人的笑容包圍吧。阿創目不轉睛繼續看著那張照片。

「……老實說，如果沒有妳就沒有現在的我。要是沒有遇到妳，我也許就會一直在那家寒酸的店過著怨天尤人的人生。」

阿創緩緩開口，雙眼仍緊盯著手上的資料夾。

「我啊，拋棄了原本要繼承的家業，下定決心成為甜點師。」

「就是你上次說大學休學的時候嗎？」

「是啊。後來我邊打工邊去製菓學校上課，畢業後馬上去實習，到一家規模滿大的甜點店工作。可是，那裡簡直把人當作機器。不，應該比機器更不如。我每天都在打草莓鮮奶油蛋糕要用的鮮奶油，但我還是忍了三年，畢竟這是我背叛父母選擇的路。不過，有一天我終於崩潰了。我想出來的點子被盜用，而且竟然變成那家店的招牌商品。我大概知道是誰盜用我的點子，可是身為基層員工的我再怎麼據理力爭也沒用。後來我變得意志消沉，成了一個廢人。那時是哥救了我。」

「然後，你們就在那個地方開了店。」

「嗯。不過，因為發生過那樣的事，我實在無法再做草莓鮮奶油蛋糕。雖然我告訴自己，正統的甜點店才沒有草莓鮮奶油蛋糕，其實只是對蛋糕懷有恨意。我想如果試著去做，可能做到一半就會毀掉它。」

「謝謝你……告訴我這些。」

阿創堅持不做草莓鮮奶油蛋糕的理由，如今總算弄清楚了。

「我……很慶幸能夠來到這裡。我心裡……一直很感謝妳。」

——一直很感謝妳。

沒料到阿創會說出這樣的話，安子頓時心跳加速。

「等、等一下。阿創，你是怎麼了？」

「我希望今後能和妳還有哥，繼續經營這家店，繼續做出讓客人開心的蛋糕。」

「這樣的話——」

「不過，我也有不能妥協的事。我只做有把握完成的蛋糕給客人，如果那是客人用來慶祝重要日子的蛋糕更是如此。」

原本以為有一絲希望，但聽懂阿創話中暗指不能做草莓鮮奶油蛋糕，安子不禁失望。

「這樣啊……」

看樣子不管怎麼說，阿創都不會做草莓鮮奶油蛋糕了。距離取貨日只剩一週，要是繼續拜託阿創做，結果來不及準備蛋糕，雄大一定會很難過。絕不能讓這種事發生。

到底該怎麼解決這個問題呢？

阿創不願意做，也不能買其他店的蛋糕來賣，剩下的方法只有請亞理紗改訂別種蛋糕。可是，安子做不到。對她而言，蛋糕就是草莓鮮奶油蛋糕。小時候，媽媽做得有點醜卻非常好吃的蛋糕，最後放草莓的時候，她也一起放的那個蛋糕——

那一瞬間，安子腦中閃過一個念頭。

「對了！」

她站起身，雙手在胸前用力拍了一下。

「妳幹嘛？」

「我們來辦親子一起做蛋糕的活動吧！」

既然阿創不做，讓亞理紗他們自己做就好啦。要準備的材料有草莓和鮮奶油，海綿蛋糕的話，阿創平常就有在烤，組合起來就是草莓鮮奶油蛋糕了。幸好那天是店休日，應該可以跟阿創借用廚房。

「什麼意思？」

「阿創只要把海綿蛋糕烤好，再教他們怎麼做就好。做蛋糕的人是那對母子，這麼一來就不是阿創做啦。」

阿創坐在板凳上思考。安子看著他，緊張地吞了吞口水。然後過了十幾秒。

「——那就這麼辦吧。」

「阿創！謝謝你！」

安子展開雙臂想抱住阿創——

「欸，別這樣。」

安子撲了個空，阿創巧妙地閃過身。安子接著坐下，阿創低頭看向她。

「真～可惜，我還以為可以報剛剛的仇。」

剛剛，是指被阿創揪住手臂拉到他面前的那時候。

「我剛剛……大概是吃錯藥了。」

「反正我們也和好了，來喝一杯吧？」

時間才剛過十點，喝一杯的話應該不會影響明天的工作。

「好啊，偶爾這樣也不錯。」

安子把酒菜放在平常開反省會的桌子上，下酒菜是剛才試吃的白蘭地蛋糕，還有廚房裡現有的幾種堅果。

「來，乾杯。」

鏗！玻璃杯的碰撞聲穿透後院的牆壁。

結果，安子和阿創喝酒聊天聊到很晚。

隔天早上。

安子梳洗整裝後，進到店裡時，阿創和日向早就到了。

「阿創，早安啊！」

「喔。」

「日向也早安啊。」

「安子，早安？」

日向疑惑地歪頭看著安子，接著又看了看阿創和安子。直到昨天還鬧得很僵的兩人竟然笑著打招呼，也難怪日向會有這種反應。

「你們和好啦？」

「嗯。那個草莓鮮奶油蛋糕，阿創已經同意我們透過親子體驗會的方式製作。」

「你們兩個什麼時候講好的……」

「昨晚我們談了一下。」

安子靦腆地笑著回答。不過，這也不是他們說了算，還要取得亞理紗和雄大的同意才行。

到了傍晚，安子打了通電話給亞理紗，她很爽快地答應了體驗會的事。安子的擔憂就此消除，接下來只期待那天的到來。

◇

十二月二十日星期三，終於到了蛋糕製作體驗會的日子。雖然今天是店休日，但因為接近年底，是以臨時營業的方式開店。廚房裡已經備妥材料，迎接雄大上門。為了以防萬一，阿創烤了三個海綿蛋糕備用。

約定的時間是下午四點，亞理紗和雄大提早了十五分鐘來。

「雄大聽到要自己做蛋糕，一早起來就幹勁十足。」

雄大的臉上散發著藏不住的期待，今天一定是他第一次和最愛的媽媽一起做蛋糕。

「快點做蛋糕！」

按捺不住的雄大不禁出聲催促。

「那我們去廚房吧。」

安子引導兩人前往廚房。進入廚房後，阿創正默默地做著其他工作。或許是覺得眼前的一切很新奇，雄大興致勃勃地看了看阿創，然後四處走動巡視營業用的大冰箱和其他廚房器具等物品。

「這位帥氣的大哥哥是甜點師阿創。」

聽到安子的介紹，阿創轉而看向亞理紗母子。

「年底這陣子特別忙真是不好意思，今天請多多指教。雄大，你也來打招呼。」

「大哥哥好！」

「喔，你很有精神呢。」

兩人洗好手後，開始準備做蛋糕。設想周到的亞理紗帶了親子同款的圍裙，大概是她自己做的吧。她幫雄大穿好圍裙後，趕緊圍上自己的圍裙。

「雄大你來，站到這個上面。」

安子讓雄大站到踏台上。由於眼前所見與剛剛看到的不同，雄大發出驚嘆聲。

「那就開始囉。」

工作台上已備妥海綿蛋糕和草莓等材料，只要打發鮮奶油、塗抹蛋糕，放上草莓就完成了。

於是，亞理紗和雄大開始動手做蛋糕。

首先是打發鮮奶油。他們把稱好的鮮奶油和砂糖倒入各自的調理盆，底部隔冰水用打蛋器攪拌。下廚經驗豐富的亞理紗俐落地操作，雄大的動作則顯得遲緩。

他努力模仿亞理紗的手勢，鮮奶油卻沒有打發。

「給我一下喔。你要這樣攪拌才對。」一旁看不下去的阿創出手協助雄大，他用驚人的速度打發鮮奶油。雄大看了驚呼「好厲害！」兩眼緊盯著看。

鮮奶油打發後，接著是在海綿蛋糕上塗鮮奶油、放草莓。這個步驟和打發鮮奶油不同，即使是六歲小孩也不會覺得難。雄大聽從安子的指示好好地塗抹鮮奶油、放上草莓，不過放草莓的時候，手指不小心沾到鮮奶油。雄大立刻把手指塞進嘴裡。

「好～甜！」

「雄大，你……」

亞理紗當下本來想出聲斥責，但今天的主角是雄大，所以她忍了下來，把沒說完的話吞了回去。

蛋糕的製作進行得很順利。疊完三片海綿蛋糕後，接著塗抹外側的鮮奶油。雄大用他小小的手握住抹刀，認真地塗著鮮奶油。他的眼神彷彿是小小甜點師。不過，畢竟他沒做過這種事，所以蛋糕塗得凹凸不平。

「這裡要這樣弄……」

阿創再次出手相助，他從雄大身後扶著他的手幫忙修飾。不一會兒的時間，蛋糕的表面變得光滑平順。

最後是裝飾蛋糕。亞理紗母子你一言我一語，各自在喜歡的地方擠鮮奶油、放草莓。不過，雄大實在不太會用鮮奶油擠花，阿創見狀又想上前幫忙卻被安子悄悄制止了。

「阿創，裝飾就交給他們吧。」

「喔，好……」

說是這麼說，阿創的手還是蠢蠢欲動。雄大在他面前把蛋糕擠上大小不一的鮮奶油，然後隨意放上草莓，一旁的亞理紗則在巧克力牌上寫字。

「雄大，做好了嗎？」

寫完巧克力牌的亞理紗看了看雄大。

「嗯！」

「那麼再擺上這個就……完成囉！」

聽到亞理紗那麼說，安子隨即鼓掌，雄大和亞理紗也跟著鼓掌。

純白的鮮奶油上，擺著數量和年齡一樣多的豔紅草莓，還有媽媽親手寫下

「雄大生日快樂」的巧克力牌。他們完成了這世上找不到也買不到、獨一無二的蛋糕，雄大眼神閃閃發光地看著自己努力做出來的作品。

「我們來拍紀念照吧。」

在安子的提議下，兩人站到蛋糕旁。拍照是用亞理紗和安子的手機。

「阿創，你也一起。」

少了甜點師就看不出來是在蛋糕店完成的，安子硬是拉阿創一同入鏡。

「那我要拍囉，1、2、3——」

安子按下快門，發出啪沙的聲音。

拍好的照片以蛋糕為中心，亞理紗母子露出燦笑，阿創略顯窘態。就算蛋糕吃掉就沒了，但美好的回憶永遠都在。

——今天對雄大來說，一定會成為永生難忘的回憶。

「媽媽，我想吃蛋糕！」

「等等要在家裡辦生日派對，你再忍一下喔。爸爸也說今天會早點回來。」

亞理紗試著安撫雄大。儘管不甘願，雄大沒有像之前那樣大吵大鬧，乖乖地接受了。這麼看來，他們倆今後應該沒問題了。放下心中擔憂的安子把蛋糕放進紙盒，附上蠟燭後，交給亞理紗。

蛋糕製作體驗會轉眼間就結束了。

結完帳後，安子和阿創以及一直獨自看店的日向一起到門口送他們離開。

「大姐姐、大哥哥，謝謝你們！」

「我們也謝謝雄大來喔。」

「掰掰！」

雄大用充滿活力的聲音道別後，和亞理紗踏上返途。途中他頻頻回頭揮手，站在安子右邊的日向也跟著揮手回應。安子看了看站在左邊的阿創——心跳突然加速。

目送兩人離去的阿創，臉上竟浮現平時沒見過的溫柔笑容，雖然他笑得有些拘謹。

「這樣笑也是很好看嘛。」

安子的語氣彷彿是對著空氣說。

「嗯？妳說什麼？」

「沒有，我在自言自語。」

直到看不見兩人的身影，安子才踩著輕飄飄的步伐回到店裡。

◇

「欸?!阿創?」

關店後，當安子走進廚房，眼前出現令她不敢置信的景象。沒想到，都已經是關店時間，阿創還在做蛋糕。一旁的日向，正感觸良深地看著他。

為了研發新蛋糕，阿創經常在關店後繼續工作，然而今天的他令人十分吃驚。

「那個……你在做什麼啊?」

「看就知道了吧。」

的確是一目了然。阿創正在做的是，草莓鮮奶油蛋糕。

「為什麼……?」

一直以來明明那麼抗拒，沒人拜託他，他卻主動做了。現在到底是什麼情況?

「我只是覺得，現在的我應該可以做了。」

「現在啊……」

這應該和白天的體驗會有關吧。見到亞理紗母子的笑容，究竟讓阿創的內心起了怎樣的變化呢。

「自從來到這裡，阿創變了好多喔。但我還真沒想到，他會願意做草莓鮮奶油蛋糕……」

日向感慨萬千地說。認識阿創許久的他比安子更有感觸吧。

「和安子一起工作，每天都不無聊，真的很有趣喔。看到阿創因為安子有所改變也讓我很開心，把店搬來這裡真是太棒了。」

「我也真的很感謝你們願意來喔。」

不，簡直是感激不盡。

「起初真的很擔心，看到營業額順利成長後，我想照這個情況下去，店應該不會有事，而且每天都很刺激又有趣。」

「對喲，那時候的妳很消沉。」

阿創看著安子露出竊笑。那時候應該是指，阿創第一次上門那天。半年前的某天，成天擔心將來的安子，確實變得意志消沉。

「可是，阿創之前不也一樣。」

「呃，也是啦。」

安子回想起和阿創和好的那個店休日晚上發生的事，她很意外阿創有那樣的過去。這世上有多少人，就有多少故事。

「不過，阿創已經告訴我很多事了，日向你呢？」

「欸，怎麼扯到我這裡來？」

「因為日向也很神秘嘛。」

為什麼阿創會叫他「哥」？他是怎麼學會做和菓子的技術？還有，那一大筆整修費是怎麼籌出來的？安子心想，既然阿創都願意說了，日向或許也會說。

「還不到說的時候。」

「還不到說的時候？那你什麼時候會說？」

「嗯～等故事再稍微有進展之後。」

「故事？什麼意思……」

講得好像他們出現在故事裡。正當安子想問個清楚時，阿創停下做蛋糕的手。

「好了，完成了，快來試吃吧。」

阿創說出安子期待已久的話。

三人移動到平時那張桌子前，準備開反省會。不過，眼前的景象不同以往。海綿蛋糕和鮮奶油，加上草莓的樸實蛋糕，對安子而言卻是很特別的蛋糕。

夢寐以求的阿創做的草莓鮮奶油蛋糕就在眼前。

「嘻嘻，是阿創做的草莓鮮奶油蛋糕耶。」

安子還沒吃就已經笑容滿面。做了小巧可愛裝飾的草莓鮮奶油蛋糕，吃起來會是怎樣的味道呢？

「我要開動了。」

安子用叉子叉起一口滿滿鮮奶油的蛋糕送入口中，閉上眼細細品嘗。

那是一股柔和又令人懷念，充滿溫暖回憶的滋味。

終章

新年過後的某個星期三。

兩個男人隔著桌子正在談話，桌上擺著兩個精緻的咖啡杯。地板上鋪著厚實的地毯，鄰桌有一對穿套裝的男女似乎在談生意。身穿合身制服的店員穿梭桌間，這裡看起來像是飯店的會客廳。

「大師，不要再待在蛋糕店了，請快點回歸您的本業啦！」

西裝男帶著哭腔向一身休閒打扮的褐髮男哀求。

「啊哈哈，這恐怕有困難。我現在正經歷人生中最有趣的故事，身為作家，這是比任何採訪都有價值的事。」

「唉……您是不是覺得提到和創作有關，我就沒辦法反對了？我還以為您終於找到落腳處可以開始寫新書了，怎麼又突然搬到別家店去。您真的很會折磨編輯……」

這麼聽來，兩人應該是出版社的編輯和作家。

「不過，請您別忘了，還有很多讀者在等續集喔。下一本的第四集，預估首刷量可以有三十萬本。」

現今出版業不景氣，首刷通常只有幾千本，三十萬本是相當可觀的數字。

「我的作品受到如此厚愛，真的很感謝四葉社的栽培。」

「既然您這麼說，請快點交稿吧，我保證倉綿比奈這個名字會變得更響亮。」

「啊哈哈，你說得太誇張了啦。」

名叫倉綿比奈的男性拿起咖啡杯，優雅地喝著咖啡。

「我才沒有誇張喔。之前那部電視劇，收視率是同時段的第一名耶。」

「好像是有那麼一回事。」

「唉……您真是一點也沒變。所以，您打算……何時交稿呢？」

「不知道欸。」

事不關己的回應讓編輯忍不住作出垂頭喪氣的反應。

「抱歉抱歉，我答應你會寫出最棒的故事。」

「最棒的故事嗎？身為頭號讀者，我會好好期待的。」

此次的會議就在編輯被說服的情況下結束了。

國家圖書館出版品預行編目資料

法式甜點幸福堂書店/秦本幸彌著；連雪雅譯. -- 初版.-- 臺北市：皇冠, 2021.4 面；公分. --（皇冠叢書；第4931種；mild 35）
譯自：パティスリー幸福堂書店はじめました

ISBN 978-957-33-3693-8（平裝）

861.57 110003179

皇冠叢書第4931種
mild 35

法式甜點幸福堂書店

パティスリー幸福堂書店はじめました

作　者—秦本幸彌
譯　者—連雪雅
發 行 人—平雲
出版發行—皇冠文化出版有限公司
台北市敦化北路120巷50號
電話◎02-27168888
郵撥帳號◎15261516號
皇冠出版社(香港)有限公司
香港銅鑼灣道180號百樂商業中心
19字樓1903室
電話◎2529-1778　傳真◎2527-0904
總 編 輯—許婷婷
責任編輯—張懿祥
美術設計—苡汨媃
著作完成日期—2018年
初版一刷日期—2021年4月

法律顧問—王惠光律師

讀者服務傳真專線◎02-27150507
電腦編號◎562035
ISBN◎978-957-33-3693-8
Printed in Taiwan
本書定價◎新台幣260元/港幣87元